백두 영웅 전설·1
영웅 흰달

글 임정자

놀궁리

목차

등장인물 소개 ──────────────── 06

1부　홀로 존재하는 자 ──────────── 13

　　　낯선 자의 잿빛 비늘 ─────────── 21

　　　신성모독 ──────────────── 35

　　　나는 너를 귀히 여겼나니 ────────── 55

2부　사람들 속으로 ─────────── 69

　　　백두 마을에 나타난 나그네 ──────── 81

　　　삼성신의 신물을 찾다 ─────────── 93

　　　천지에 무지개길을 놓고 ────────── 105

　　　다시는 인간의 감정에 휘둘리지 않으리라 ─── 121

3부	백두산 나의 어머니	133
	보이지 않는 샘	145
	모르는 곳을 지켜야 한다	157
4부	내 신성은 오늘을 위해 주어진 것	171
	운명을 믿어 보리라	179
	최후의 결전지	191
	내 심장의 일부를 가져간 이들이여	201
작가의 말		210

등장인물

흰달
백룡. 백두여신과 백 장수의 뒤를 이어 천지수호신이 되었으나
인간의 피를 지닌 까닭에 인간의 본성도 함께 지녔다.

해마루
내두여신 혈통의 칠성국 왕자. 전통에 따라 최고의 여전사를
찾기 위해 칠성국을 떠나 백두산을 떠돌며 소문난 여전사들에게
막무가내로 청혼을 하여 웃음거리가 된다.

바우손
백 장수의 후손으로, 손으로 바위를 깰 만큼 힘센 여성.
위기에 처한 해마루를 돕는다.

매눈
백두 마을 족장. 열두 살에 백두 마을로 들어온 외부인으로,
활을 다룬다.

칼손
백두 마을 전사. 매눈의 도움으로 목숨을 건진 후
방랑살이를 끝내고 매눈의 수호전사를 자처한다.

초초
바위종다리로 백두여신의 명을 받고
흰달의 수호자 노릇을 자처하는 잔소리꾼.

땅끝발
늑대 무리의 우두머리로 물러설 줄 모르는 전사. 무쇠 같은 다리로
땅 끝까지 달려간 자라 하여 백두여신이 땅끝발이라는 이름을
주었다. 평소 흰달을 못마땅하게 여긴다.

하늘눈
마록들의 우두머리로, 하늘의 지혜를 아는 자라 하여 백두여신이
하늘눈이라는 이름을 주었다. 흑룡의 무리와 대전투를 벌일 때
목숨을 걸고 백두산을 지킨다.

불꽃
재룡. 어느 날 흰달의 영역으로 들어와
외로운 흰달의 벗이 되어 준다.

푸른수정
바람골 족장.

1부

인간의 시대가 열리기 전,

백두산과 그 주변에는 선한 신들이 살았다.

신들은 백두산에 의지해 사는 존재들과 소통하며

나름의 질서를 이루었고, 대개의 날은 평화로웠다.

적어도 천상계에서 쫓겨난

악신 흑룡이 백두산을 불태우기 전까지는.

여신 백두와 인간 백 장수는 힘을 합쳐

흑룡을 물리쳤으나 강력한 불의 힘을 가진 흑룡을

사멸시키지는 못했다.

흑룡은 남은 힘을 다해 동쪽 천리 밖으로 도망쳤고,

오랜 시간에 걸쳐 기운을 회복한 뒤

백두산으로 돌아올 기회를 찾고 있다.

천상계로 돌아갈 수 있는

유일한 통로가 백두산에 있기 때문이었다.

하지만 천지간 통로가 어디에 있는지는

백두여신 외에는

그 누구도 알지 못했다.

홀로 존재하는 자

슈우우우우웃!

타다다다다닷!

 가을이 한창인 날, 눈처럼 흰 백룡 하나가 잔잔하던 천지 수면을 뚫고 솟구쳐 올랐어. 맑고 푸른 두 뿔과 반짝이는 둥근 눈, 길게 뻗은 수염, 물 위로 올라오자 활짝 펼쳐지는 빛나는 두 날개.

 백룡은 찬란한 자신의 존재를 만천하에 알리기라도 하듯 힘차게 날아올랐어. 그 바람에 천지 물은 순식간에 수억 개의 물방울이 되어 사방에 흩뿌려졌고, 무르익은 가을 햇살은 튀겨 나가는 물방울에 부딪쳐 아롱아롱 무지개를 만들었지.

"에고고고, 엉덩이야! 초비비빗! 초비비빗!"

물가 검은 바위에 앉아 졸던 바위종다리 초초가 갑작스런 물세례에 뒤로 나가떨어지며 곤두박질쳤어. 웬만한 새라면 혼이 빠져 달아나겠지만 초초는 날마다 겪는 일이라 아무렇지도 않아. 이골이 난 거지.

"오늘도 나들이를 가시는군."

초초는 날개를 흔들어 물방울을 털어 냈어. 그러곤 소리쳤지.

"잠깐만요, 흰달 님! 저 좀 봐요, 흰달 님!"

초초는 재빨리 백룡 뒤를 따라 날아올랐어. 초초의 외침에 하늘 높이 날아오른 백룡이 몸을 틀었어.

"초초?"

백룡은 기류를 탄 새처럼 천지 위를 활공해 내려오더니 나지막한 목소리로 물었어.

"무슨 일이지, 초초?"

말투는 눈빛만큼이나 온화하고 부드러웠지만 초초는 백룡의 목소리가 사뭇 들떠 있다는 것을 알아챘지.

"안 돼요."

"안 돼? 뭐가?"

백룡은 기다란 목을 구부려 초초 가까이 제 얼굴을 들이댔어. 초초는 얼굴을 찡그리며 뒤로 물러났지.

"내가 모를 줄 알아요?"

백룡은 씽긋 웃더니 조용히 초초의 눈을 들여다봤어. 초초는 코앞에 있는 백룡의 눈길을 피할 수 없었지. 그래 어쩔 수 없이 마주봤는데, 순간 백룡의 동공이 커졌고 초초는 정신없이 깊은 동굴로 빨려 들어가는 듯한 느낌을 받았지.

"초초, 날씨가 참 좋아. 그치?"

초초는 자기도 모르게 웅얼웅얼 대답했어.

"그래요. 나들이하기에 딱 좋은 날씨예요. 천지 수면은 잔잔하고, 푸른 하늘엔 구름 한 점 없어요."

"그렇지? 네 생각도 그런 거지? 그래서 하는 말인데, 너도 오늘은 경치 좋은 곳으로 나들이 좀 다녀오는 게 어때?"

백룡은 말을 마치자마자 호, 입김을 불었어. 한 줌도 안 되는 바위종다리 초초는 순식간에 백 리 밖으로 날아갔어.

"으아아악!"

백룡이 푸하하, 큰 소리로 웃었어.

"초초, 어쩜 그렇게 번번이 속을 수가 있어? 내가 몇 번을 말해? 내 눈을 마주보지 말라고."

"코앞에다 얼굴을 들이미는데 어떻게 안 봐요? 백두산 최고신이라는 백룡이 기껏해야 자기 비늘 하나만 한 바위종다리나 골탕 먹이고. 비겁해요, 비겁해!"

초초는 있는 대로 성질을 부리며 백룡에게 되날아왔어. 백룡은 고개를 절레절레 저었어.

"나들이 가라는데 왜 다시 오는 거야?"

"흥, 한 번 속지 두 번 속을 거 같아요? 나를 떼어내고 동쪽 숲에 가려는 거잖아요?"

"초초는 정말이지 눈치가 빠르다니까."

"흰달 님! 제발 정신 차려요. 며칠째 순찰도 안 돌고 동쪽 숲에만 가면 어쩌자는 거예요? 이러다 무슨 일이라도 생기면 어떻게 하냐고요? 흰달 님은 천지수호신이에요, 수호신! 제발 자신의 임무를 잊지 마시라고요!"

초초는 잔소리 끝에 빽 소리를 질렀어. 백룡 흰달은 그런 초초를 귀엽다는 듯이 바라보았어.

"내 눈이 천리를 보고, 내 귀가 천리 안의 소리를 듣는데 초초는 왜 그리 걱정이 많지?"

"아무리 천하무적 흰달 님이라고 해도 자꾸 이러시면 정말 정말 곤란하다고요!"

"초초. 백두산에 무슨 일이 일어나면 내가 가장 먼저 알아차릴 거야. 그러니 초초는 걱정하지 않아도 돼."

"그렇게 자신만만하다가 큰코다치는 거 몰라요? 그게 세상의 이치예요."

"잔소리는 그만."

"누군 좋아서 이러는 줄 아세요? 나도 하기 싫어요. 하지만 어쩌겠어요? 내겐 흰달 님을 보호할 의무가 있는데."

"보호? 호호호호! 감시가 아니고?"

"감시라니요! 저는 흰달 님을 보호하는 거예요. 백두여신께서 산너머산으로 들어가시기 전에 제게 불사의 힘과 함께 신성한 의무를 내리신 걸 잊으셨어요? 저를 모욕하는 건 백두여신을 모욕하는 거라고요!"

초초는 가진 힘을 다해 고래고래 소리를 질렀어. 하지만 소용없는 일이었어. 백룡 흰달은 이미 날개를 퍼덕이기 시작했거든.

"뭐죠? 제 말이 말 같지 않다는 거예요?"

"호호호. 귀가 따가워서 더는 들을 수가 없구나. 초초, 잔소리는 그만. 시키는 대로 당장 순찰을 돌 테니까."

"정말이죠?"

초초 눈이 반짝거렸어.

"정말이고 말고. 그것도 초초 너와 함께!"

백룡 흰달은 말을 마치자마자 희고 긴 발톱으로 초초를 집어 날개 아래 비늘 사이에 끼우듯 밀어넣었어. 그러곤 힘차게 하늘 높이 솟구쳐 올랐지.

"꺄악!"

초초는 비명을 질렀어. 물론 신나서 지르는 거야.

"역시 초초는 용감하다니까."

백룡 흰달은 단숨에 지상의 존재들 눈에는 뵈지 않을 곳까지 올라갔어. 그것도 잠시, 몸을 틀어 내리꽂듯 빠른 속도로 낙하 비행을 했지. 땅에 닿을 즈음엔 돌연 방향을 틀어 지상 위를 맹렬한 속도로 날았어. 위로 아래로 좌로 우로. 백룡이 스쳐가는 곳마다 휙휙 쐑쐑, 거친 바람이 일었어.

"꺄아악! 신난다!"

초초는 즐거운 비명을 질렀어. 나무마다 깃들어 쉬던 새들은 일제히 날아올랐고, 평화로이 풀을 뜯던 마록이며, 어슬렁어슬렁 먹이 찾아 헤매던 큰곰, 늑대, 토끼 들은 귀를 쫑긋 세우고 하늘을 올려다봤어.

한참을 폭풍처럼 날던 흰달이 천천히 동그라미를 그리며 천지 둘레 열여섯 봉우리를 차례로 돌았어. 특별한 건 없었어.

"평화롭구나."

흰달은 흡족했어.

흰달은 날개를 활짝 펴고 천지 위를 활공했어. 깊고 검푸른 천지의 심장, 천지심 수면에 비행하는 흰달이 비쳤지. 초초는 비늘 사이로 얼굴을 빼꼼 내밀고 천지심을 내려다봤어. 연약한 배를 빼곡하게 가린 희고 단단한 비늘과 푸른빛이 감도는 빛나는 날개, 공기를 헤가르며 유려하게 움직이는 기다란 꼬리, 날카로운 발톱을 가린 흰 털이며, 다리의 흰 갈기. 세상 용 중에 백룡 흰달보다 아름답고 기품 있는 용은 없을 거야. 초초는 천지심에 비친 백룡의 모습을 보는 것만으로도 뿌듯했어.

그런데 오늘은 뭔가 달라 보이는 거야. 초초는 고개를 갸우뚱한 채 천지심 수면에 비친 흰달을 유심히 살펴보았어.

"천지심은 여신의 눈동자, 진실을 비추는 거울. 흰달 님은……."

초초는 중얼중얼 혼잣말을 하다 입을 닫았어.

백룡 흰달의 어머니 백두여신은 신이지만 아버지 백 장수는 원래 사람이야. 백룡 흰달의 혈관에 인간의 피가 섞여 흐르고 있는 거지. 그 말인즉슨, 인간들이 느끼는 기쁨과 희망 같은 감정은 물론이고 슬픔, 외로움, 고통, 절망 모두를 백룡 흰달도 느낀다는 뜻이지. 초초는 그게 늘 걱정이야. 흑룡과 맞서 싸우는 전사에게는 적합하지 않은 감정들이거든. 피휴우.

백두산 창공을 한바탕 날고 나서 흰달이 초초를 바위 위에 내려 주었어.

"이제 만족하시나요, 초초 님?"

흰달은 싱긋, 웃음 한 번 짓고는 쌩하니 동쪽 하늘로 날아올랐어. 눈 깜짝할 사이에 자하봉을 넘어가는 흰달을 향해 초초가 소리쳤어.

"이번 한 번뿐이에요. 알겠어요? 딱 한 번뿐이라고요!"

"고마워, 초초."

흰달은 유쾌하게 웃으며 동쪽 숲으로 날아갔어. 초초는 멀어지는 흰달을 바라보며 중얼거렸어.

"행복하면 된 거지. 그럼, 그렇고말고."

낯선 자의 잿빛 비늘

 동쪽 숲에서는 재붕 불꽃이 흰달을 기다리고 있었어. 불꽃은 멀리 동쪽에서 온 수컷 용이야. 한 달쯤 전에 흰달의 영역으로 들어왔지.
 그날은 아침부터 남다른 조짐이 있었어. 고요한 천지 수면에 파르르 잔물결이 일었고, 자하봉 너머의 땅이 '부르르' 소리를 내며 떨었어.
 "뭐지?"
 흰달은 귀를 쫑긋 세우고 사방을 살폈어. 이상한 진동은 한동안 지속되더니 이내 사라졌어. 더는 어떤 변화도, 누군가의 침입 기미도 느껴지지 않았지.

"뭐였을까? 혹시 흑룡의 움직임이 시작된 걸까?"

흰달은 천지수호신으로 퍽 긴 시간을 보냈지만 흑룡과 맞닥뜨려 싸운 기억은 없어. 오래전에 흑룡과 마주친 적이 있다고는 하는데, 무엇 때문인지 통 기억이 안 나. 흑룡에 관한 거라면 부모인 천지수호신으로부터 전해들은 게 전부야.

어머니인 백두여신 말씀에 의하면, 흑룡은 원래 천상계 존재였는데 천신을 몰아내고 최고 지배자를 꿈꾸다 발각되어 벌로 백두산 깊은 곳에 갇혔대. 악에 받친 흑룡은 복수의 뜻을 품고 불의 힘을 모았고, 끝내 솟구쳐 나와 백두산을 불바다로 만들었지. 오래된 숲은 시뻘건 화염에 휩싸였고, 목숨 있는 자들은 불과 연기에 죽어 갔어. 보다 못한 백두여신은 인간이었던 백 장수를 신성한 샘 옥장천으로 데려가 샘물을 마시게 했어. 샘물 덕에 인간 백 장수는 신의 날개와 힘을 얻었고, 백두여신은 백 장수의 도움을 받아 흑룡을 물리쳤지. 하지만 완전히 사멸시킨 것은 아니었어. 그게 마음에 걸린 백두여신은 천지에 수정궁을 짓고 인간 백 장수와 함께 백두산을 지키게 되었지.

쫓겨난 흑룡은 힘을 회복하자 다시 백두산을 침범했어. 그때마다 백두산의 하늘과 골짜기에서는 크고 작은 전투가 벌어졌지.

한번은 최초의 전투만큼이나 큰 전투가 벌어졌어. 하늘과 땅이 온통 피로 물들 정도로 참혹했기에 백두산 존재들은 '붉은 하늘 전투'라 부르지. 다행히 전투에서는 승리했어. 하지만 대가가 컸지.

하긴 세상의 평화는 거저 주어지는 법이 없었지. 참담한 일이지만, 순결한 수호자들이 자신의 피와 남은 삶을 희생했을 때 비로소 평화를 되찾을 수 있었어. 그들은 한 마을 주민 전체일 때도 있었고, 강력한 전투력을 지닌 전사일 때도 있었어. 간혹 순진한 어린 존재인 경우도 있었지. 그 어린 존재를 위해 고귀한 존재가 천 년의 삶을 포기하고 스스로 제물이 되기도 했고 말이야.

'붉은 하늘 전투'가 그랬어. 전투가 끝나고 황폐해진 백두산에는 다시 평화가 찾아왔지만 오래된 신들의 시대는 막을 내려야 했어. 백두여신과 백 장수가 죽어 가는 백룡 흰달을 살린 뒤, 백두산 주민들의 눈물과 불안을 등지고 산너머산으로 들어가 긴 잠에 들어야 했거든. 물론 백룡 흰달에게 천지수호신의 자리를 물려주고 말이야.

"대체 흑룡은 왜 자꾸 백두산으로 돌아오는 거죠?"

한번은 백룡 흰달이 물었어. 백두여신이 대답했지.

"천상과 지상을 연결하는 통로가 백두산에 있기 때문이다. 그러니 너는 늘 백두산을 지켜야 한다."

"통로가 어디에 있는데요?"

"때가 되면 저절로 알게 될 게다."

"그냥 알려 주시면 안 되나요? 모르는 걸 지킬 수는 없잖아요?"

흰달이 몇 번이나 졸랐지만 백두여신은 끝까지 말해 주지 않았어. 백두여신이 말을 뱉는 순간 흑룡도 알게 될 거라며.

지금도 백룡 흰달은 천지간 통로가 어디에 있는지 몰라. 그래서 늘 불안하지. 눈에 보이는 것도 지키기 어려운데 알지 못하는 장소를 어떻게 지켜야 할지 알 수 없었거든.

그런 흰달의 마음을 알았던 거지. 어머니 백두여신은 산너머산으로 들어가는 날, 백룡 흰달에게 천지수호신 자리를 물려주며 말했어.

"두려워 말아라. 너는 위대한 백두산의 하늘과 천지의 정기로 다시 태어났느니, 너를 감싼 비늘은 해와 달의 기운으로 천 번에 천 번을 달구었고, 차디찬 천지 물에 천 번에 천 번을 담금

질하였다. 그 어떤 불도 너를 태우지 못하고, 그 어떤 열도 너를 녹이지 못하리니 너는 능히 백두산과 천지를 지켜 내리라."

흰달이 대답했어.

"백룡 흰달, 맹세하나이다. 억겁의 시간이 흘러도 백두산을 떠나지 않을 것이며, 흑룡으로부터 지켜 낼 것입니다."

아버지 백 장수가 말했어.

"네 심장의 절반은 인간의 것. 천리 밖을 보되 한 치 앞을 보지 못하고, 천리 밖의 소리를 듣되 정작 네 안의 소리를 듣지 못하면 아무 소용없느니, 언제나 보이지 않는 것을 보고, 들리지 않는 소리를 들어야 할 것이로되 스스로를 사랑하여라. 그러면 모두를 능히 지켜 내리라."

그 말을 끝으로 어머니 백두여신과 아버지 백 장수는 함께 산너머산으로 들어갔어.

천지수호신이 된 백룡 흰달은 맹세대로 늘 백두산을 살폈어. 천지 깊은 곳에 있는 수정궁에 머물 때도 경계를 게을리하지 않았어.

용의 귀를 열고 있으면 먼 데 숲에서 어린 곰들이 저들끼리 달리고 뒹굴며 노는 소리가 들렸고, 늑대들의 으르렁 소리, 고라니들이 풀 뜯는 소리, 뭔가 잘못을 저질러 어른에게 혼나는 사람 아이의 훌쩍임 소리, 배고프다고 칭얼칭얼 짹짹대는 어린 새들의 울음소리…… 온갖 일상의 소리들이 흰달의 귀에 들어왔어. 흰달은 그 모든 소리를 듣고, 용의 눈을 떠 두루 살피며 하루하루를 보냈어.

때로는 무료하여 친구가 있었으면 했어. 한번은 친구를 사귈까 하여 사람 사는 마을로 갔지. 흰달의 마음을 알 길 없는 사람들은 갑자기 나타난 백룡을 보고 놀라 혼비백산하여 도망갔어. 어떤 이는 입을 헤벌리고 눈이 휘둥그레진 채 흰달을 쳐다보다 뒤늦게 깨달았다는 듯이 흙바닥에 고개를 처박고 엎드렸지. 흰달은 그런 사람들을 물끄러미 바라보다 돌아섰어. 늑대들의 우두머리 땅끝발이나 지혜로운 마록의 우두머리 하늘눈을 찾아가기도 했지만 그들은 흰달에게 예를 다할 뿐, 친구로 대해 주지 않았어. 그들에게 흰달은 동등한 존재가 아니니 어쩔 수 없었지. 그나마 백두여신이 초초를 흰달 곁에 머물게 해 준 덕분에 무료함을 덜 수 있었어.

그날은 특히나 무료하여 종일토록 천지 가에 앉아 멍하니 물낯만 들여다보고 있었어. 뭔가 재미난 일이 없을까 궁리하는 초초와 함께. 그런 흰달이 미세했다지만 한동안 일었던 특이

한 잔물결을 못 알아볼 리 없었고, 자하봉 너머 땅이 흔들리는 소리를 듣지 않을 수 없었지.

흰달은 바짝 긴장한 채 하늘 높이 날아올라 백두산을 굽어보았어. 특별히 눈에 띄는 건 없었어. 한동안 지속되었던 이상한 현상도 이내 멈추었고.

"다행이야. 아무 일도 없어서."

그런데 뭔가 편치 않은 거야. 혹시나 하여 초초를 데리고 자하봉 너머 동쪽으로 날아갔어. 흑룡이 도망친 곳이 자하봉 너머 동쪽 천리 밖이니 살펴볼 필요가 있다고 판단했거든. 하지만 흑룡의 모습은커녕 비슷한 존재도 보이지 않았어.

"내가 예민했던 거야."

흰달이 안심하고 천지로 선회하는데 실핏 낯선 존재 하나가 눈에 들어왔어.

"뭐지?"

멀리 동쪽 검은바위벌 '부러진날개바위' 앞에 낯선 자가 있었어. 흰달은 망설이지 않고 동쪽을 향해 날아갔어.

'설마…… 용?'

놀랍게도 바위 아래 있는 자는 번쩍이는 비늘로 뒤덮인 기다란 몸을 가진 용이었어. 흰달은 놀랐고, 그 바람에 비늘이

다 곧추섰지.

'혹시…… 흑룡?'

날개 아래 비늘 사이에 자리 잡고 있던 초초가 이상한 낌새를 눈치 채고 물었어.

"흰달 님. 무슨 일이에요?"

흰달은 대답하지 않았어. 신중할 필요가 있었거든. 그래서 대답 대신 유심히 발아래 땅을 내려다봤지. 용이었어. 용은 부러진날개바위를 점령한 듯 매우 여유롭게 앉아 있었어. 다행이 흑룡은 아니었어. 흑룡은 붉은 기가 도는 검은 비늘을 가졌다고 들었는데, 낯선 용의 비늘은 그보다 훨씬 옅은 잿빛이었어.

휴우.

빳빳하게 섰던 비늘들이 가라앉았어. 흰달은 안도의 한숨을 내쉬곤 초초에게 되물었어.

"초초, 너는 저 존재가 무엇으로 보이니?"

"보지 못할 게 없는 눈을 가진 흰달 님이 평범한 눈을 가진 작은 새에게 묻는 겁니까?"

초초가 조잘대면서도 비늘 사이에서 머리를 빼꼼 내밀었어.

"어때. 용인 것 같니?"

흰달은 고도를 낮추며 물었어.

"그럴 리가요. 백두산에는 흰달 님 외에 그 어떤 용도 없어요. 흑룡이 숨어든 게 아니라면 말이죠."

"그래?"

흰달은 소리 없이 웃었어.

'초초야. 용이란다. 흑룡 아닌 용이 저기 버젓이 존재하는구나.'

생각해 보니 여간 설레는 일이 아니었어.

'용이라니. 나의 동족이 있었다니.'

흰달은 차오르는 흥분을 억누르며 천천히 부러진날개바위를 향해 내려갔어. 뒤늦게 재룡을 알아본 초초가 다급히 소리쳤어.

"꺄악! 말도 안 돼. 흰달 님! 용이에요, 용! 세상에, 용이라니! 저건 흑룡이 분명해요! 가까이 가면 안 돼요! 절대, 절대 안 돼요!"

초초의 말은 더 이상 흰달 귀에 들리지 않았어. 흰달은 천천히 낯선 용에게 다가갔어. 낯선 용은 흰달이 다가가자 고개를 치켜들었어. 잿빛 비늘을 가진 재룡이 말이야.

낯선 용은 긴장한 내색이 역력했지만 한편으론 퍽 여유로워 보였어. 마치 흰달이 좀 더 다가오기를 기다리는 듯했지. 흰달은 난생처음 동족을 만났다는 생각에 가슴이 벅차오르고 심장은 요동쳤어.

"흰달 님. 봤어요, 저 빛깔? 말도 안 돼요. 백룡, 황룡, 적룡, 청룡, 흑룡은 들어 봤지만 재룡이 있다는 소리는 들어 본 적이 없어요. 그런데 저 용은 재룡이에요, 재룡!"

"그렇구나. 재룡이로구나."

흰달은 흥분을 억누르며 차분히 대답했어. 초초가 고개를 갸웃하며 흰달을 올려다봤어.

"이 낯선 심장 소리는 뭐죠? 설마 겁먹은 거예요? 흰달 님, 겁먹을 필요 없어요. 흰달 님은 천하무적 백룡으로 다시 태어난 분이라고요."

"겁먹다니, 그럴 리가. 나는 지금 너무 떨려. 설렌다고."

"예에?"

흰달은 서둘러 재룡 앞에 내려섰어. 흥분한 자신의 모습을 들키고 싶지 않아 네 발톱으로 땅을 단단히 움켜잡았지.

낯선 용은 흰달을 보곤 빙긋 웃음을 지어 보였어. 흰달의 심장은 더욱 팔딱거렸지. 그런 자신을 애써 누르며 목소리에 힘을 실어 물었어.

"나는 백두산과 천지를 수호하는 신, 백룡 흰달이다. 본 적 없는 그대는 누구인가?"

흰달의 말이 끝나기 무섭게 재룡이 머리를 조아리더니 대답했어.

"재룡 불꽃이라 하옵니다. 감히 백룡 흰달 님을 뵙습니다."

재룡은 예를 다하더니 고개를 쳐들고 정면으로 흰달을 바라보았어.

"저로 말할 것 같으면 백룡 흰달 님을 뵙기 위해 천리 밖 북해를 건너왔습지요. 아름다운 흰달 님을 눈앞에서 뵙다니, 크나큰 영광입니다."

'천리 밖 북해? 흑룡이 있는 곳과는 다른 곳이구나.'

흰달은 내심 마음이 놓였어.

"뭐? 아름답다고? 흥! 저런 사기꾼."

초초가 적의를 드러내며 흰달에게 속삭였어.

"흰달 님. 저런 달콤한 말에 속으면 안 돼요. 자고로 입에 침도 안 바르고 저런 말을 하는 자는 아첨꾼 아니면 사기꾼일 가능성이 높아요. 저런 자의 말을 믿으시면 절대, 절대, 절대 안 돼요."

- 초초, 너는 의심이 많구나. 그건 나쁜 버릇이야. 봐, 표정이 진지하고 말투는 퍽 예의 바르잖아?

흰달은 초초에게만 들리도록 소리 없는 대답을 보냈어.

"진지요? 예의요? 흰달 님이 모르셔서 그런가 본데, 사기꾼은 원래 겉모습이 번지르르하다고요."

흰달은 더 이상 초초의 말에 대꾸하지 않았어. 동족인 재룡과 이야기하고 싶었거든.

"불꽃? 멋진 이름이구나. 나를 보러 왔다고 했는가? 나를 찾아온 까닭이 무엇인가?"

재룡은 은근한 미소를 보내며 대답했어.

"제가 사는 천리 밖 북해는 너무도 춥고 쓸쓸하나이다. 저 외에는 아무도 없기 때문이지요. 아시다시피 용이 어디 흔합니까? 지금은 용이 사라져 가는 시대지요. 그러다 보니 말 나눌 벗 하나 없이 외로이 살아야 했습니다. 아름다운 달이 뜨고 해가 지는 것을 홀로 바라보아야 하는 삶은 지독히 외롭더이다. 그런데 지나는 새가 전해 주더이다. 남쪽을 향해 날아가면 백두산 천지라는 곳이 있는데, 거기에는 하늘의 달보다 아름다운 백룡 흰달 님이 살고 있다고. 그 소식을 듣자마자 이렇게 서둘러 날아왔나이다."

흰달은 초초의 말처럼 불꽃의 부드러우면서도 아첨하는 듯한 말투가 낯간지럽고 어색했지만 마음만은 해낙낙해졌어. 마치 얼어붙기 시작한 천지 수면에 따뜻한 봄 햇살이 닿는 느낌이랄까. 하지만 이내 고개가 갸웃해졌어.

"바다에는 숱한 존재들이 산다고 들었다. 천리 밖 북쪽바다에는 아무도 없는 것인가?"

"아무리 숱한 존재가 있으면 무엇하겠습니까? 나와 같은 용이 없는데. 무릇 용은 용과 마음을 나누어야 하지 않겠습니까?"

그건 맞는 말 같았어.

"저는 지금껏 추운 바다 속을 외로이 헤엄치며 살았습니다. 그러다 흰달 님의 소문을 들었으니 어찌 반갑지 않았겠습니까? 내가 어서 가서 흰달 님을 뵙고 벗이 되어 달라고 청해야겠구나, 오직 그 생각뿐이었습니다."

흰달은 불꽃의 말을 충분히 이해할 수 있었어. 사실 흰달도 부모님이 긴 잠에 든 후로 누구와 마음을 나누어야 할지 몰랐거든. 천지 밖으로만 나가면 늘 초비비빗거리며 잔소리를 늘어놓는 바위종다리 초초가 있고, 숲에는 조언을 아끼지 않는 위대한 마록 하늘눈이 있긴 하지. 거칠 것 없는 늑대왕 땅끝발도 있고 말이야. 하지만 그들은 모두 용이 아니야. 그들은 저마다의 무리를 이끌고 그들만의 이야기를 만들며 사는 존재들이지. 하지만 흰달은 달라. 흰달은 홀로 존재하는 자. 백두산 수호라는 막중한 임무를 다하기 위해 언제나 온 신경을 곤두세우고 살아야 하는 존재. 그런 삶은 사실…… 꽤나 심심해. 외롭고.

그런데 벗을 찾아 먼 바다를 건너온 용이 있다니 어찌 반갑지 않겠어. 흰달이 말했어.

"불꽃 님, 잘 오셨습니다."

신성모독

 흰달은 날마다 검은바위벌로 가서 재룡 불꽃을 만났어. 흰달은 '부러진날개바위' 위에, 재룡은 그 아래 앉아 서로 마주 보며 이야기를 나누었지. 그러다 보면 온몸을 휘감고 있던 긴장감이 사라지고 행복감이 밀려왔어.

 오늘도 흰달은 불꽃과 눈을 맞추며 천리 밖 북해 이야기를 들었어. 이미 수차례 반복해 들은 이야기였지. 그래도 좋았어. 특히 드넓은 바다에 어마어마하게 큰 고래라는 물고기가 있어 한 번 몸을 뒤척이면 온 바다가 출렁이고, 기다란 물줄기를 뿜어 올리면 하늘에 무지개가 뜬다는 이야기, 그 거대한 몸이 수면 위로 솟구쳐 오르면 푸른 바다가 수많은 물방울로 변해 반짝인다는 이야기는 듣기만 해도 가슴이 뛰었어.

'나도 언젠가 꼭 한 번 가 봐야겠어. 물론 불꽃과 함께 말이야.'

속으로 다짐까지 하였지.

불꽃은 거대한 바다뱀과 싸워 이긴 무용담도 들려줬어. 말끝에 작은 아쉬움도 드러냈지.

"바다뱀의 이빨은 효험이 좋습니다. 아무리 재주 없는 자라도 바다뱀의 이빨을 던지기만 하면 단박에 날아가 적의 심장을 맞추죠. 제가 한시라도 빨리 흰달 님을 만나야겠다는 욕심에 서두르다 보니 그런 보물을 챙겨 올 생각을 하지 못했습니다. 정말 아쉽습니다. 흰달 님께 선물하면 좋았을 텐데 말이죠. 다음에 또 바다뱀을 만나게 되면 그때는 이빨을 몽창 뽑아 흰달 님께 드리겠습니다."

"호호호. 말씀만 들어도 기분이 좋아지는군요. 이미 받은 것과 같아요."

흰달은 소리 내어 웃었어. 문득 세상이 퍽 따뜻하고 아름답게 느껴졌어.

'벗이 있다는 건 즐거운 거구나. 그동안 왜 몰랐을까?'

흰달은 날이 갈수록 재룡이 좋았어.

천지 주변은 황량해. 흑룡의 지옥불이 휩쓸고 지나간 뒤로 살아남은 게 하나도 없거든. 거대한 산봉우리에는 온통 거무튀튀한 돌과 흙뿐이고 꽃 한 송이, 풀 한 포기 자라지 않아. 그런 황량한 봉우리 꼭대기에 얹혀 있는 오목한 사발 같은 호수가 천지야. 설상가상, 천지의 차디찬 물속에는 단 한 마리의 물고기도 없어. 수정궁에 사는 흰달 말고는 아무도 살지 않는 거야. 태어나서 지금까지 물도 땅도 황량한 황무지에서 살고 있는 거야. 검은바위벌에는 비록 바위가 많긴 하지만 그나마 틈새에서 풀도 자라고 꽃도 피어나. 둘레둘레 나무도 있고. 흰달은 종종 천지에도 나무까지는 아니어도 풀이나 꽃이 있으면 좋겠다는 생각을 해. 그럼 덜 삭막할 테니까. 하지만 흑룡의 불에 지져지고, 거친 바람과 찬 공기만 감도는 물과 땅에서 풀과 꽃이 어찌 자라겠어! 공연한 바람인 거지.

"그런데 이름이 왜 불꽃인가요? 잿빛은 불의 색깔이 아니고 비 품은 구름 혹은 다 타고 남은 한 줌 재의 색이잖아요? 재룡 님의 이름으로는 어울리지 않아요."

흰달이 무심코 한 말에 말재간 좋은 불꽃이 갑자기 더듬거렸어.

"아, 그러니까…… 그게…… 그러니까…… 불꽃이라 한 건…… 그러니까…… 내, 내가 불꽃처럼 따뜻하길 바라서입니다. 그렇습니다! 나는 추운 바다궁에서 살아서 늘 따뜻한 게 그리웠고, 그래서 나 자신이 따뜻한 존재가 되어야겠구나 생각하며 스스로 불꽃이라 이름 지은 것입니다."

흰달은 크게 고개를 끄덕였어.

"그렇군요. 염원을 담은 이름이었군요. 저는 늘 불꽃 님이 이름처럼 따뜻한 분이라고 느꼈어요. 생각해 보니 불꽃 님과 참 잘 어울리는 이름이네요."

흰달은 웃음 가득한 얼굴로 재룡을 바라보았어.

흰달은 불꽃과 함께 검은바위벌을 날았어. 그런데 하루해가 너무나 짧은 거야. 어느새 볕도 많이 줄었고, 오늘 아침에는 천지 주변에 눈발이 흩날리기도 했지. 머지않아 키를 훌쩍 넘을 정도로 눈이 쌓일 거야. 쌓인 눈 위로 차디찬 북풍이 몰아칠 테고. 다들 사냥은커녕 바깥출입도 힘들어지겠지.

천지의 수온도 떨어질 대로 떨어졌어. 조만간 얼어붙기 시작할 거야. 천지가 얼면, 한 길(길: 길이의 단위. 한 길은 사람의 키 정도의 길이다.-편집자주) 넘게 얼어붙으면 흰달도 더 이상 천지 밖으로 나가지 않아. 조용히 얼음 밑 수정궁에서 바깥세상을 향해 눈과 귀를 열고 감시할 뿐. 그 말은, 겨울 동안은 불꽃을 만날 수 없다는 뜻이야. 흰달은 그 생각만 하면 벌써 아쉬워. 불꽃과 헤어져 수정궁으로 돌아올 때면 온 비늘이 무쇳덩이로 변한 양 날갯짓이 무겁기만 해.

다음 날, 흰달은 하늘이 밝기 무섭게 불꽃에게 날아갔어. 그런데 이게 웬일이야. 검은바위벌 부러진날개바위가 와그르르 무너져 있지 뭐야. 흰달이 놀라 다가가자 기다렸다는 듯 재롱 불꽃이 긴 꼬리를 흔들며 날아올랐어.

"어서 오십시오. 밤이 어찌나 긴지 이대로 아침이 오지 않는 것은 아닌가, 마음을 졸였습니다."

"설마요. 밤은 아침을 따라가고, 아침은 밤의 뒤를 따라 다시 돌아오는 것을요. 그게 이 세계의 순리 아니던가요?"

"하하하. 그러게 말입니다. 그걸 뻔히 알면서도 흰달 님이 보고 싶어서……. 하하하."

흰달은 호탕하게 웃는 불꽃을 보고 있자니 자기도 모르게 미소가 지어졌어.

"그나저나 바위가 무너져 불꽃 님이 머무는 굴이 망가진 거 같은데, 간밤에 무슨 일이 있었나요?"

불꽃이 별안간 슬픈 표정을 짓더니 풀죽은 목소리로 대답했어.

"제가 어젯밤에, 그러니까 흰달 님이 돌아가시고 나서 하도 잠이 오지 않아 굴 밖으로 나왔습니다. 하늘의 별이나 볼까 해서요. 하지만 하늘의 별이 아무리 반짝인들 흰달 님 없이 홀로 보는 별이 뭐 그리 아름답겠습니까? 그래서 다시 굴로 돌아가려 하는데 무슨 소리가 들리지 뭡니까?"

"무슨 소리라니요?"

"아, 그러니까 그건, 뭐. 하여간 다시 돌아서다 꼬리로 그만 바위를 쳤는데 어찌 된 노릇인지 바위가 그대로 무너져 내리지 않겠습니까?"

"그래요? 저는 전혀 듣지 못했어요. 이 정도 소리라면 딱히 귀를 기울이지 않아도 들렸을 텐데……."

흰달은 고개를 갸웃했어. 그러자 재롱 불꽃이 얼른 말꼬리를 이었어.

"흰달 님은 천지수호신이니까 이것저것 마음 쓰는 일이 많아서 아니었겠습니까? 자책할 필요는 없습니다."

"그렇긴 해요. 내가 어제는 다른 데 마음이 팔려 있었지요. 아무 소리도 듣지 못한 건 아마 그 까닭일 겁니다."

사실 어제 흰달은 불꽃과 헤어져 천지로 돌아온 뒤에 땅끝발과 하늘눈을 만났어.

땅끝발은 여느 늑대와 여러모로 달라. 목덜미와 발목에 갈기처럼 검은 털이 나 있는데, 몸집이 다른 늑대들보다 배는 커. 게다가 세상의 끝까지 달려갔다 온 두 다리는 무쇠처럼 강하지. 그런 그에게 백두여신이 내린 이름이 위대한 땅끝발이야.

위대한 땅끝발은 흰달을 보자마자 노기에 차서 따져 물었어.

"대체 날마다 천지를 비우고 동쪽 벌로 가는 까닭이 무엇입니까? 들리는 소문에 의하면 낯선 용에게 정신이 팔려 있다던데, 맞습니까?"

지혜로운 마록 하늘눈 역시 목소리는 부드러웠으나 근심 가득한 표정으로 말했어.

"흰달 님은 백두산과 천지를 수호할 막중한 책임을 지닌 존재입니다. 홀로 계시니 벗이 필요할 것입니다. 그러나 스스로 조화를 이루지 않으시면 백두산은 균형을 잃고 위기에 빠질 것입니다."

하늘눈은 자신의 키만큼이나 큰 뿔을 이고 살아. 맑고 깊은 두 눈으로 하늘의 지혜를 꿰뚫는다 하여 백두여신이 하늘눈이라는 이름을 내렸지. 하늘눈은 웬만해서는 화를 내거나 흥분하지 않아. 마음이 늘 한결같고 차분해. 게다가 말 한마디 한마디에 지혜가 담겨 있어 아무도 흘려듣지 않지. 흰달 역시 그랬어.

"벗을 사귀는 걸 두고 어찌 조화를 잃는다고 하는가? 내 벗이 나를 위태롭게 하지 않으니 백두산 또한 균형을 잃는 일은 없을 것이다."

땅끝발이 발끈했어.

"천지를 종일 비우는 것 자체가 균형을 잃게 하는 일입니다!"

하늘눈이 말했어.

"스스로 비어 있지 않으면 용의 눈으로도 세상을 볼 수 없고, 용의 귀를 갖고도 태산이 무너지는 소리를 들을 수 없는 법입니다. 감각은 무릇 한결같지 않기 때문입니다."

땅끝발은 천지수호신이면 천지수호신답게 처신해야 한다며 거듭 목소리를 높였어. 한술 더 떠 재룡 불꽃을 경계하라고까지 했지. 흰달 없이 혼자 있을 때면 여기저기 기웃거리며 다니는 게 영 믿음이 가지 않는다면서.

흰달은 곤혹스러웠지. 땅끝발이 늑대들 무리와 사는 것처럼, 하늘눈이 마록의 무리와 사는 것처럼 흰달도 그저 용으로서 용인 자와 어울려 이야기를 나누며 사는 것뿐인데……. 그 시간이 자신에게는 더없이 즐겁고 행복한데, 대체 왜 백두산의 위대한 존재들은 불꽃을 경계하고 만나지 말라고 하는지 이해할 수 없었지. 불꽃은 그저 다정한 벗일 뿐인데 말이야. 흰달은 땅끝발과 하늘눈의 말을 받아들이기 어려웠어. 그래도 위대한 자들의 말이니 귀담아 들으려고 노력했지. 하지만 대화가 길어질수록 화가 나. 결국 치밀어 오르는 화를 이기지 못하고 오랫동안 땅끝발, 하늘눈과 말을 다퉜어.

아마 말다툼에 온 신경을 쓴 탓이었나 봐. 부러진날개바위가 무너져 내리는 소리를 전혀 듣지 못한 걸 보면. 스스로 비어 있지 않으면 용의 눈으로도 세상을 볼 수 없고 용의 귀를 갖고도 태산이 무너지는 소리를 들을 수 없다더니, 하늘눈 말이 틀리지는 않은 것 같아.

'이런 상황을 두고 한 말이있군. 역시 하늘눈이야.'

불꽃이 말했어.

"그래서 말입니다. 제가 곰곰이 생각해 보니 무너진 바위를 치울 게 아니라 이참에 차라리 사는 곳을 옮겨 볼까 생각 중입니다."

"사는 곳을 옮긴다고요? 어디로 말입니까?"

"천지 가까운 곳이면 좋을 것 같습니다만."

"천지 가까운 곳?"

"물론 살 만한 곳이 있다면 말이지요. 천지 가까이에서 살면 흰달 님과 더 많은 시간을 보낼 수도 있을 것 같고요. 흰달 님은 어찌 생각하시는지?"

불꽃의 물음은 꽤나 조심스러웠어. 흰달은 쉬이 대답할 수 없었어. 수정궁이 있는 천지 안은 신성한 공간이라 흰달 외에는 누구도 들어갈 수 없지만 천지 주변이야 누가 살든 뭐라 할 수 없었지. 그래도 외부인을 들이기엔 적당하지 않은 곳이긴 해. 그동안 천지 주변엔 초초 외에 머문 자도 없었고 말이야.

하지만 불꽃이 천지 가까이 사는 것도 과히 나쁘지는 않을 것 같았어. 땅끝발과 하늘눈은 불꽃을 못 미더워하지만 가까운 데 살면 불꽃이 얼마나 좋은 벗인지 땅끝발과 하늘눈도 알게 될 테니까.

흰달은 기꺼이 대답했어.

"불꽃 님이 살 만한 곳이 한 군데 있긴 합니다만."

"그게 정말입니까?"

불꽃은 한달음에 다가와 제 목을 흰달의 목에 비벼 대며 속삭였어.

"흰달 님은 마음마저 아름다우십니다. 어려운 부탁을 단박에 들어주시다니요."

흰달은 불꽃에게서 몸을 떼어 냈어. 불꽃의 몸이 뜻밖에 좀 뜨거웠거든.

"좋아하시니 다행입니다. 그럼 이제 가 볼까요?"

흰달은 잠시 찡그렸던 얼굴을 펴고 불꽃에게 청했어.

"좋습니다. 어서 가시지요."

불꽃은 앞장서 하늘로 날아올랐어.

'저렇게 좋아할 줄 알았으면 진즉에 천지로 가자고 청할 걸 그랬네.'

검은바위벌이 멀어지자 기온이 떨어져도 여전히 푸르른 전나무 숲이며, 잎 떨어진 자작나무 숲, 그 사이로 난 좁은 길과 평화로이 풀을 뜯는 사슴들, 달리는 늑대, 큰곰, 스라소니…… 모두가 멀어져 갔어.

흰달은 곁에서 날고 있는 불꽃을 돌아보니 흐뭇했어. 그런데 발아래 땅에서는 난리가 났어. 흰달이 소문으로만 듣던 재룡과 함께 하늘을 나니 놀라지 않고 배겨? 백두산에서 숨 붙이고 사는 존재들 모두 눈을 동그랗게 뜨고 하늘을 올려다봤어. 벌레 잡는 데 정신 팔고 있던 초초도 흰달과 재룡을 보았지. 초초는 놀라 물고 있던 벌레를 삼키지도 못한 채 하늘만 올려다보았어.

"이게 무슨 일이래."

위대한 늑대 땅끝발은 성난 목소리로 고래고래 소리를 질렀어.

- 우리의 경고를 무시하다니요! 또다시 위험한 존재를 끌어들이면 어쩌자는 겁니까? 대체 이 일을 어떻게 책임지려 하는 겁니까?

하늘눈 역시 격양된 목소리로 말했지.

- 천리안을 가지신 분이 정작 자기와 주변을 보지 못하시는군요. 당장 그자를 내쫓아야 합니다.

흰달은 참을 수 없는 모욕감을 느꼈어.

"나는 그럴 수 없다!"

흰달은 화가 나 소리쳤어. 곁에서 날던 불꽃이 기겁하며 물었어.

"그럴 수 없다니, 뜬금없이 무슨 말씀을 하는 겁니까?"

"네? 아, 아닙니다."

흰달은 급히 입을 다물었어. 하늘눈과 땅끝발이 그들만의 언어로 말없는 말을 했는데, 자신이 흥분하여 그만 소리까지 내어 대답을 하고 말았거든.

하늘눈의 목소리가 다시금 들려왔어.

- 흰달 님, 감정에 사로잡혀 귀를 닫고 눈을 감으시면 안 됩니다. 보이지 않는 것을 보셔야 합니다. 들리지 않는 것을 들으셔

야 합니다.

흰달 또한 하늘눈과 땅끝발만이 들을 수 있게 마음의 소리로 대답했어.

- 내 눈은 천리 안의 모든 것을 볼 수 있고, 내 귀는 천리 안의 모든 소리를 들을 수 있다.

- 정작 가까운 곳에 있는 것은 보지 못하지요. 가까운 곳에서 내는 소리도 듣지 못하고요.

- 그게 무슨 말인가? 내가 무엇을 보지 못하고 듣지 못한다는 것인가?

흰달은 불쾌함을 지그시 누르고 되물었어. 땅끝발의 거친 목소리가 들려왔어.

- 몰라서 묻습니까? 당신 피의 절반은 인간의 것. 인간의 감정 때문에 지금 용의 눈과 귀를 닫고 있는 것 아닙니까? 온전한 천지수호신이라면 절대 하지 않을 행동입니다.

- 뭐라?

흰달은 순간 얼음신의 입김이 몸에 닿은 듯, 혈관을 타고 흐르던 피가 모조리 식어 버린 것 같았지.

'절반은 인간의 피. 여태껏 나를 믿지 못한 이유가 이것이었나?'

흰달은 견딜 수 없는 모욕감에 온몸이 떨렸어. 하지만 참았어. 분노를 터뜨리는 순간 인간의 피를 가진 자라 감정을 통제하지 못한다는 말을 들을 게 뻔하거든. 흰달은 이를 악물었어.

- 나를 모욕하지 말라. 나는 닫은 적 없고, 감은 적 없다. 내가 무얼 보지 못하고 듣지 못한다는 말인가?

하늘눈이 땅끝발을 나무랐어.

- 땅끝발 님, 위대한 자가 어찌 그런 말을 이리 쉽게 입에 담습니까?

그러곤 흰달에게 말했지.

- 혹시 모르니 천지심 수면에 벗이라는 자를 비춰 보십시오. 진실을 볼 수 있을 것입니다.

흰달은 속이 부글부글 끓어올랐어.

'불꽃을 의심한다는 것은 나를 의심하는 것. 이건 신성모독이다.'

흰달은 의심 많은 땅끝발과 하늘눈이 괘씸했어. 어찌 위대한 자들이 백두여신의 신성을 이어받은 나를 믿지 못하고 모욕하는가.

- 내가 그대들 말대로 하여 증명해 보일 테니 기다리라.

흰달은 서둘러 불꽃과 함께 천지 남쪽 수변에 내려앉았어. 높고 거친 열여섯 바위 봉우리에 둘러싸인 채 풀 한 포기 자라지 않는 황량한 땅이지만 햇볕을 쬐며 쉬기엔 최고의 장소였지.

천지 수변에 내려앉은 불꽃은 흥분하여 소리쳤어.

"내가 드디어! 마침내! 천지에 왔구나!"

"좋아하시니 다행입니다. 이곳은 볕이 잘 드는 곳이지요. 잠시 이리로 와 보시겠습니까? 천지도 구경시켜 드리고 머물 동굴도 알려 드리겠습니다."

흰달은 백운봉 기슭의 동굴을 염두에 두고는 다시 날아올랐어.

백운봉 동굴로 가려면 천지심을 가로질러 날아야 해. 불꽃에게 괜한 불쾌감을 주지 않고 천지심에 불꽃을 비추어 땅끝발과 하늘눈에게 불꽃의 순수함을 증명할 좋은 방법이었지. 아무것도 모르는 불꽃은 신이 나 단숨에 흰달 곁으로 날아올랐어.

"흰달 님! 흰달 님! 저 좀 봐요, 흰달 님."

부랴부랴 천지로 돌아온 초초는 흰달을 뒤따라 날며 고래고래 소리질렀어. 흰달은 돌아보지도 않은 채 짧고 단호한 목소리로 대답했어.

- 기다리고 있어, 초초.

흰달은 천지 위를 천천히 돌았어. 초초는 멍하니 흰달을 바라보다 늘 앉아 쉬던 바위 위에 내려앉았지.

흰달은 슬그머니 천지심 주변으로 다가갔어. 백룡의 날갯짓에 잔잔하던 수면에 물이랑이 일고, 둘러선 산봉우리들의 물그림자는 바르르 흔들렸어.

흰달은 또다시 짜증이 올라왔어. 땅끝발과 하늘눈의 의심을 씻기 위해 순수한 불꽃을 굳이 증명하겠다며 얕은수를 쓰는 자신이 마음에 들지 않았어.

'대체 저들은 뭘 의심하고, 나는 뭘 증명하려는 것인가.'

흰달은 이 불편한 상황이 일 초라도 빨리 끝나길 바랐어. 흰달은 바르르 일렁이는 물그림자들을 내려다보며 애써 밝은 목소리로 말했어.

"불꽃 님. 백두산도 아름답지만 천지 물에 비친 세상도 아름답지 않습니까?"

"말해 무엇하겠습니까? 이렇게 아름다운 곳이니 누구라도 탐낼 수밖에요."

"탐을 내다니요? 누가 감히 수정궁이 있는 천지를 탐내나요? 이곳은 오로지 제게만 허락된 공간이랍니다."

"그럴까요?"

 기분 탓일까. 불꽃의 목소리가 평소와 달리 차갑게 느껴졌어. 흰달은 불꽃을 돌아보며 애써 웃음 지어 보였어.

 "못 믿으시는군요. 천지 위를 자유롭게 나는 이도, 천지에서 자유롭게 헤엄칠 수 있는 이도 오직 저뿐이랍니다."

 흰달은 천지 수면에 비친 자신과 불꽃의 모습이 퍽 다정해 보여 좋았어.

 '불꽃 님을 진즉에 데려올 걸 그랬어. 그랬다면 천지를 비우지 않았을 테니 모두를 걱정시킬 일도 없었을 거 아니야. 내가 왜 그 생각을 못 했나 몰라. 지금이라도 불꽃 님을 데려왔으니 참말로 다행이야. 이제 불꽃 님을 증명해 보이고 백두산에서 함께 살면 되니까.'

 흰달은 더는 언짢아하지 않기로 했어. 그 대신 불꽃에게 천지를 즐거이 소개해 주기로 마음먹었지.

 "불꽃 님, 이 천지는 물이 맑고 깊을 뿐 아니라 헤엄……."

 하지만 그도 잠시. 흰달은 숨이 멎는 것 같았어.

 '저, 저게…… 뭐지?'

 흰달은 순간 정신이 아득해졌어. 그 바람에 우아하게 비행하던 흰달의 몸이 기우뚱거렸지. 그 순간을 놓치지 않은 초초가 소리쳤어.

"흰달 님! 왜 그래요, 흰달 님?"

흰달은 온힘을 다해 달아나려는 정신을 붙잡았어.

"치기도…… 좋습니다. 물론 천지가 얼기 전까지만 말입니다."

흰달은 천지심 수면을 들여다보다 천천히 하늘로 날아올랐어. 불꽃도 싱글대며 뒤따라 날아올랐지. 초초는 불안한 눈길로 두 마리의 용을 올려다보았어.

흰달은 하늘 높이 오르자 천천히 몸을 돌려 불꽃을 마주보았어.

무슨 말이든 해야 할 것 같은데, 머릿속 회로가 멈추었는지 방금 전 두 눈으로 본 것이 믿어지지 않았어. 그러나 천지심은 여신의 눈동자, 진실을 비추는 거울. 흰달은 혼란스러웠어.

"흰달 님, 왜 그러십니까?"

불꽃의 말 한마디 한마디, 그 말 위로 흐르는 일 초 일 초가 영겁의 시간인 듯 무거웠어. 흰달은 온 힘을 다해 영겁의 무게를 밀어내며 물었어.

"너는, 누구냐?"

안간힘을 다해 내는 흰달의 목소리는 떨렸어.

"누구냐니요, 흰달 님? 불꽃 아닙니까? 재룡 불꽃."

불꽃은 장난스레 대꾸했어.

"진실을 말하라. 나는 지금, 잿빛 비늘을 가진 바다용의 몸 안에서 어찌 시뻘건 불이 타오르냐 묻는 것이다!"

"뜬금없이 그게 무슨 소립니까? 시뻘건 불이라니요? 대체 무슨 말씀을 하시는지 저는 통 알아들을 수가 없습니다."

흰달은 더 이상 불꽃의 말을 들어줄 수 없었어.

"비열하구나. 내 눈이 천지심에 비친 네 모습을 보았다! 내 눈에 너는 여태껏 잿빛이었는데, 어찌 진실을 드러내는 천지심에 비친 네 모습은 붉은 것이냐? 천지수호신 백룡이 묻나니, 지금부터 너의 대답은 정직해야 할 것이다!"

흰달의 서슬에 불꽃이 돌연 표정을 바꾸더니 소리쳤어.

"어리석은 흰달! 드디어 알아챘구나!"

불꽃이 거칠게 몸을 흔들었어. 그러자 반짝이는 잿빛 비늘이 붉게 빛났어. 잿빛 용이 눈 깜짝할 사이에 불을 품은 적룡이 된 거야! 흰달은 놀라 눈이 둥그레졌어.

"이럴 수가."

이미 천지심을 통해 본 모습임에도 재룡이 실체를 드러내니 충격이 아닐 수 없었어.

'벗이 아니었구나!'

불을 품은 재룡은 입을 쩍 벌리고는 후우우, 시뻘건 불꽃을 내뿜었어. 희디흰 백룡의 몸이 순식간에 시뻘건 지옥불에 휩싸였어.

흰달은 머릿속이 아득했어. 뜨거운 지옥불이 몸을 휘감아도 죽은 나무인 듯 움직여지지 않았고, 숨도 쉬어지지 않았어. 자기를 둘러싼 세계, 빛으로 가득했던 찬란한 세계가 눈 깜짝할 사이에 사라졌는데 무얼 할 수 있겠어. 아니지. 사실은 처음부터 존재하지 않았던 거지.

'내가 그동안 무엇을 한 거지? 무엇에 기뻐하고 무엇에 환호한 거야?'

흰달은 분노도 아닌, 절망도 아닌, 그렇다고 슬픔도 아닌, 질식할 것 같은 심정과 함께 지옥불에 휩싸인 채 아래로 아래로 떨어져 내렸어.

나는 너를 귀히 여겼나니

풍덩.

푸시시시.

몸을 휘감은 지옥불은 천지 수면에 닿자 푸시시시 소리를 내며 꺼졌어. 하지만 흰달은 더 깊은 곳으로 떨어져 내렸어. 멀리서 하늘눈의 목소리가 들려왔어.

- 흰달 님, 이대로 정신을 잃으면 안 됩니다. 백두산은 다시 흑룡의 불길에 타오르고 죽음의 땅이 될 것입니다.

땅끝발의 비웃음 섞인 목소리도 들렸지.

- 우리의 경고를 듣지 않더니 꼴좋게 되었군요. 백룡 흰달, 당신은 백두산과 천지를 수호하기 위해 다시 태어난 존재. 정신 차리고 맞서 싸우십시오! 이대로 모두를 죽게 내버려둘 셈입니까?

흰달이 대답했어.

- 벗이 아니었어.

- 그걸 이제 아셨습니까?

땅끝발은 성이 나 길길이 날뛰며 소리쳤어. 어서 침입자와 맞서 싸우라고 으름장을 놓으며 다그쳤지.

흰달은 무력하게 천지 바닥에 널브러졌어.

'왜 그랬을까?'

빛을 잃은 백룡의 몸을 타고 눈물이 흘러내렸어.

'절반의 피, 인간의 피. 나의 어리석음.'

"초비비빗 초비비빗. 흰달 님, 괜찮아요? 울어요?"

맑고 가는 목소리. 바위종다리 초초야.

"초비비빗 초비비빗. 흰달 님, 괜찮아요. 당신에겐 아무 잘못이 없어요. 잘못이 있다면 내게 있어요. 내가 흰달 님을 보호해 줬어야 하는데 그러지 못했잖아요. 미안해요, 흰달 님."

천지 밖에서 들려오는 초초의 목소리는 아주 작았어. 그 작은 목소리에 울음이 배어 있었어.

'초초.'

흰달이 천지 밖으로 나갈 때면 늘 초비비빗거리며 잔소리를 해대던 작디작은 새 바위종다리. 지금도 애가 탄 초초가 작은 깃으로 바삐 날갯짓하며 천지 주변을 맴돌고 있을 게 분명했어. 그걸 알면서도 감은 눈은 떠지지 않았어.

- 초초, 미안해. 난 아무런 힘이 없어. 난 어리석은 자야. 난 한 번도 불꽃을 의심하지 않았어. 그런데…… 불꽃이…… 벗인 줄 알았던 불꽃이 내게 흑룡의 지옥불을 쏘았어.

"초비비비. 당신은 위대한 하늘과 백두산 천지의 정기로 탄생한 천지수호신 백룡이에요. 흰달 님은 절대 흑룡의 졸개가 내뱉는 지옥불 한 방에 나가떨어지지 않아요. 흰달 님은 결코 그런 존재가 아니에요. 내가 알아요. 초비비비 초비비비. 그러니 그만 일어나 밖으로 나오세요. 나와서 사기꾼 재룡을 물리쳐 주세요."

잔소리를 시작하면 삼 일 밤낮이라도 거뜬한 초초인데 웬일인지 점점 사위어가는 불꽃처럼 목소리가 작아지고 기운이 없었어.

"힘을 내요, 흰달 님. 시간이…… 없어요. 모든 게…… 불타고 있어요. 저도 더는 버틸 수…… 없어요. 끝까지 보호해 주지 못해 죄송해요. 초비비……."

흰달은 저도 모르게 감았던 눈을 떴어.

- 초초, 왜 그래?

- 초초?

흰달은 용의 눈으로 천지 밖을 살폈어. 세상은 온통 불바다이고, 맑던 하늘은 시커먼 연기로 뒤덮여 있었어. 그리고 작디작은 잔소리꾼 초초가 천지 수변 작은 돌멩이 곁에 쓰러져 있지 뭐야. 재룡의 지옥불에 다친 거야.

"초초!"

흰달은 놀라 벌떡 일어났어. 그러곤 어두운 바다를 박차고 하늘로 날아올랐어.

투드드드드.

백룡 없는 백두산 하늘은 재룡 차지였어. 재룡은 시뻘겋게 타오르는 불의 용이 되어 사방팔방으로 뜨거운 불을 내뿜고 있었어. 불길이 닿는 곳마다 나무와 풀은 순식간에 타 재가 되었고, 도망치는 네 발 달린 존재들은 불길에 휩싸이고, 연기에 숨이 막혀 고통에 찬 비명을 지르며 쓰러져 갔어.

"초초!"

흰달은 급히 초초 곁에 내려앉았어.

"초초. 정신 차려!"

흰달의 비늘 한 개보다 작은 새 초초. 초초가 재룡의 불세례에 온몸이 탄 채 마지막 숨을 할딱이고 있었어.

"초초!"

"흰달 님……."

"바보같이 왜 도망가지 않았어? 날개는 뭐에 쓰려고?"

"흰달 님이 걱정돼서……."

"왜 네가 나를 걱정해? 내가 초초를 걱정해야……. 초초? 초초?"

초초는 대꾸하지 않았어.

"초초! 정신 차려, 초초!"

초초는 끝내 숨을 놓고 말았어.

"초초?"

"초초."

"……."

크흐흐흥.

쿠후후훙.

흰달 입에서 울음이 터져 나왔어. 용의 울음은 하늘과 땅을 뒤흔들며 낮고 구슬프게 퍼져 나갔어. 타오르는 나무들이 떨리고, 백두산을 뒤덮은 불길이 너울거리고, 온 천지가 우르르 흔들렸어.

"미안해, 초초. 미안해, 초초."

용의 비늘마다 한 방울, 두 방울 눈물이 맺히기 시작하더니 이내 몸을 타고 흘러내렸어.

"당신은 위대한 하늘과 백두산 천지의 정기로 탄생한 천지 수호신 백룡이에요. 흰달 님은 절대 흑룡의 지옥불 한 방에 나가떨어지지 않아요. 흰달 님은 결코 그런 존재가 아니에요. 내가 알아요. 초비비빗 초비비빗. 그러니 그만 일어나 밖으로 나오세요. 나와서 사기꾼 재룡을 물리쳐 주세요."

죽어 가면서 초초가 한 말이야. 흰달은 더 이상 머뭇거릴 수 없었어.

"멈추어라, 불꽃!"

흰달은 곧장 재룡의 불줄기를 향해 날아갔어. 몸을 타고 흘러내리던 눈물이 사방으로 흩뿌려졌어.

재룡이 내쏘는 뜨거운 불들은 고스란히 흰달의 몸으로 날아왔어. 흰달은 개의치 않았어. 흰달은 거침없이 시커먼 화염

속을 날았어. 날아오던 지옥불들이 푸른빛이 감도는 날개와 곧추선 비늘에 닿았다가는 반사되어 재룡에게 되돌아갔어. 재룡은 되돌아오는 불길에 당황해 물러섰어. 그러나 불의 용이 불길에 탈 리 없잖아.

"재룡, 받아랏!"

흰달은 날기를 멈추고는 천지의 기운을 모아 물줄기를 쏘았어.

푸우우우.

흰달의 입에서 뻗어 나간 거센 물줄기는 곧장 재룡에게 날아갔고, 재룡을 휘감고 있던 이글거리는 불길은 치지지직, 소리를 내며 꺼졌어. 하늘엔 뭉게뭉게 뿌연 수증기가 피어올랐어. 재룡은 물러서지 않았어. 재룡은 있는 힘껏 불을 뿜었어. 하지만 차디찬 천지의 기운을 가진 흰달의 물줄기를 감당할 수는 없었지. 흰달의 물줄기는 재룡이 내뿜은 불길뿐 아니라 온몸을 가득 채운 불기운마저 죽여 버렸어.

불기운을 잃은 재룡의 비늘은 어느새 거무튀튀한 잿빛으로 돌아갔어. 흰달은 빠르게 재룡을 향해 돌진했어. 그러곤 길고 단단한 꼬리로 재룡을 휘갈겼지. 재룡이 휘청이며 하늘 멀리 밀려갔어. 흰달은 서둘러 백두산 하늘을 돌며 물을 뿜어냈어.

무섭게 타오르던 불길들이 하나둘 꺼지며 새하얀 수증기를 피워 올렸어.

하늘 먼 데로 밀려났던 재룡이 다시 흰달을 향해 돌진해 왔어. 흰달은 꼼짝도 하지 않았어. 그저 달려드는 재룡을 마주 보았지. 재룡이 가까이 다가오자 재빨리 하늘로 솟구쳐 올랐어. 그것도 잠시, 몸을 정반대로 돌려 하늘의 매가 사냥감을 향해 돌진하듯 수직 하강을 했어. 그러곤 순식간에 빛나고 단단한 발톱으로 재룡을 움켜쥐어 땅으로 내던졌지.

흰달은 맥을 못 추고 나뒹구는 재룡 앞에 천천히 내려앉았어.

"다시 묻겠다. 너는 누구냐?"

"나는 흑룡 대왕의 전사, 불꽃이다!"

"백두 영역에 들어온 목적이 무엇이냐?"

"네 눈을 가려 천지 주변을 살피는 게 내 임무였다. 이리 쉽게 올 수 있는 천지였다니."

흰달은 낯이 화끈거리는 모멸감을 견디며 물었어.

"내 눈을 가려 무엇을 찾고자 하였느냐?"

재룡은 대답하지 않았어.

"너는 홀로 존재하는 자. 그건 네 약점이다. 그런 너를 속이는 건 생각보다 쉬웠다."

흰달은 밀려드는 수치심에 이를 악물었어.

"무엇을 찾고자 했는지 물었다!"

"통로다."

"뭐라? 통로?"

천상계와 지상계를 연결하는 통로. 흑룡 대왕이 찾는 것은 그것이었어. 백룡 흰달은 온몸의 비늘이 곤두서는 걸 느꼈어.

'인간의 감정에 휘둘린 대가가 이것이란 말인가?'

흰달은 참담했어.

"마지막으로 할 말이 있느냐?"

재룡 불꽃의 눈동자가 잠시 흔들리는 듯하더니 말했어.

"나는 시작일 뿐, 흑룡 대왕께는 수많은 전사들이 있다. 대왕께서는 당신의 불을 나눠 주어 모두를 충직한 전사로 만들었다. 대왕의 불을 품고 있는 한 그들 모두는 대왕의 명에 따라 살고 죽을 것이다. 내가 잠시나마 불꽃으로 산 것도 대왕의 뜻이었다. ……네겐 미안했다."

흰달은 부르르 치를 떨었어.

"미안했다? 더 이상 나를 모욕하지 마라. 나는 너를 진실로 귀히 여겼노니, 나의 어리석음과 함께 이제 너를 거두리라."

흰달은 용의 목소리로 외쳤어.

"위대한 하늘과 백두산 정기를 이어받은 백룡 흰달, 천지수호신으로서 명하노니, 재룡 불꽃은 멸하라!"

흰달이 말을 마치자 두 눈에서 강렬하고 푸른 빛줄기가 나와 재룡을 비췄어. 그러자 재룡 불꽃의 몸이 가뭇없이 사라졌지.

2부

사람들 속으로

 백두 마을 너른터는 이른 아침부터 소란스러웠어. 마을 사람들이 죄다 나와 왁자지껄 떠들어 댔거든.

 "자, 다 결정했습니까? 그럼 흰달 님을 응원하는 사람은 여기 왼편에 서시고, 우리 매눈 님을 응원하는 사람은 저기 오른편으로 서십시오."

 큰 입이 툭 튀어나온 잰입이 설레발치며 사람들을 헤집고 다녔어.

 "진 편이 흑곰을 잡아오는 겁니다. 아셨죠?"

잰입의 독촉에 사람들은 우르르 왼편으로 가 섰어.

"왼편으로 가면 어떻게 해? 오른편에 가야지. 아무리 흰달 님이라고 해도 활로 족장님을 이길 수는 없어. 안 그래, 잰입?"

왼편으로 몰려가는 사람들을 나무라는 덩치 큰 여인은 마을의 최고 힘 장수 바우손이야. 손으로 바위를 깰 정도로 힘이 세지.

"당연하지. 백두산에서 족장님보다 활 잘 쏘는 이가 어디 있다고!"

"그럼 그럼. 매눈 님은 신궁이잖아."

바우손이 잰입과 떠벌리듯 주고받는 말에, 왼편에 섰던 마을 사람들이 우르르 빠져나와 오른편으로 가 섰어. 사실 바우손 말이 틀리지는 않아. 족장 매눈은 정말이지 신기할 정도로 빠르고 정확하게 목표 지점을 보고 활을 쏘아 명중시키거든. 사냥하는 매처럼 말이야. 그래서 이름도 매눈이야. 매눈은 사냥만 나갔다 하면 멧돼지든 고라니든 뭐든 잡아와. 이른 나이에 족장이 된 것도 바로 그런 까닭이지.

그런 매눈과 활쏘기 시합을 하겠다고 나선 이가 바로 흰달이야. 그것도 마을 사람들이 미친 흑곰을 잡으러 나가기 전날에 말이야. 바우손은 흰달이 아무리 신이라고 해도 자기 자신을 지나치게 믿는 것 같다며 못 미더워했지. 그렇다고 흰달을 무시하거나 싫어하는 건 아니야. 흰달이 사람의 모습으로 백두 마을에 나타났을 때 누구보다 기뻐한 이가 바우손이었거든.

흰달은 흑룡과의 첫 번째 전투 이후 한동안 수정궁에 틀어박혀 꼼짝도 하지 않았어. 천지를 내리누르던 얼음이 다 녹고 들판에 꽃들이 피어나는데도 차갑고 어두운 수정궁 밖으로 한 발도 내딛지 않은 거야. 스스로를 벌하고 있는 거지. 백두산 식구들은 그런 흰달을 걱정했어. 물론 흰달을 어리석다며 험담하는 이들도 많긴 했지.

"천지수호신이 어떻게 흑룡에게 속아서 백두산을 불바다로 만드냐고. 그게 수호신이야?"

그때마다 바우손은 사람들을 달랬어.

"흰달 님이 잘못한 거 맞아. 하지만 남을 의심할 줄 몰라서 당한 거잖아. 그래서 자기를 벌하고 계시는 거고. 날마다 천지가 요동치는 거 보면 모르겠어?"

"그래도 잘못한 건 잘못한 거지!"

"그건 누구보다 흰달 님이 가장 잘 아실 거야."

바우손은 겨우내 수정궁에서 홀로 지내는 흰달 생각을 하면 마음이 아팠어. 하루에도 몇 번이나 천지 쪽을 바라보며 흰달이 하루빨리 천지 밖으로 나오길 기도했어.

그러던 어느 여름날, 흰달이 마침내 천지 밖으로 나온 거야. 그런데 백룡의 모습이 아니라 사람의 모습으로. 그것도 백두 마을에!

처음엔 아무도 알아보지 못했어. 머리부터 발끝까지 늘어진, 빛나는 흰옷만이 흰달을 여느 사람과 다르게 보이게 했지.

"나는 백두산과 천지를 수호하는 백룡 흰달이다."

흰달이 스스로 존재를 밝히고 나서야 사람들은 예를 갖춰 인사를 했어.

바우손은 흰달을 보자 너무 기뻐 으앙, 울음을 터뜨렸지. 흰달은 우는 바우손에게 다가가 눈물을 닦아 줬어.

"너였구나. 나를 편들어 불러낸 이가."

흰달은 자신의 머리를 묶었던 흰 댕기를 풀어 바우손의 기다란 머리카락을 묶어 주었어.

"고맙구나. 너는 내 임무가 무엇인지 다시금 깨닫게 해 줬다."

생전 부끄러움이라곤 모르던 바우손 얼굴이 새빨개졌지.

그 후로 흰달은 날마다 이 마을, 저 마을 돌아다니며 사람들 수다를 듣고 함께 놀고 함께 무예 수련을 했어. 가끔은 땅끝벌이나 하늘눈의 영역으로 들어가 긴 시간을 보내곤 했지.

백두산 사람들은 그런 흰달을 보며 또다시 걱정하기 시작했어. 날마다 천지를 비우다가 흑룡이 또다시 침입해 백두산을 불바다로 만들면 어쩔 거냐면서. 하지만 흰달이 자신들과 어울리는 걸 싫어하진 않았어. 흰달이 나타나면 다들 하던 일을 팽개치고 달려갔지.

흰달은 사람들과 시합하기를 좋아했어. 힘센 이가 있으면 힘 대결을 했고, 달리기를 잘하는 자가 있으면 달리기 시합을 했어. 돌 많은 마을에서는 돌로 성 쌓기 시합을 했어. 그러다 이번엔 백발백중 매눈과 활쏘기 시합을 하겠다고 나선 거야. 진 자가 흑곰을 잡아오는 조건으로 말이야.

최근에 엄청나게 큰 흑곰 하나가 백두산에 나타났는데, 성질이 어찌나 난폭한지 몰라. 사람 사는 마을마다 쳐들어가 집을 들이받아 부수고, 놀란 사람을 공격해 크게 다치게 했어. 그 흑곰의 힘이 어찌나 좋은지 네 발로 달릴 때면 두두두두 지축이 흔들리고, 아름드리나무도 한 번에 받아 쓰러뜨릴 정도야. 웬만한 힘과 화살로는 잡을 수 없는 짐승인 거지. 그렇다고 그냥 놔두면 해를 당할 사람이 한둘이 아니었지. 매눈은 사람들과 의논해 난폭한 흑곰을 잡기로 했어.

마침 그때 흰달이 찾아와 활쏘기 내기를 청한 거야. 흑곰

사냥을 나가기 하루 전날에.

"진 자가 흑곰을 잡아오는 거다. 하겠느냐?"

매눈은 이상했어. 아무리 뛰어난 인간이라고 해도 천지수호신 백룡을 이길 수 없어. 게다가 마을에 오면 매눈에게 늘 하는 말이, 한시도 수련을 게을리하지 말라는 거였어. 흑곰 사냥을 가겠다고 하면 격려를 할 일인데 뜬금없이 활쏘기 시합이라니, 이해하기 어려웠지. 그러나 거절할 수도 없었어. 매눈이 백발백중이긴 하지만 힘 약한 여자에 불과하다며 은근히 무시하는 자들이 꽤 있거든. 만약 매눈이 흰달의 제안을 거절하면 그들이 비아냥거릴 게 뻔해. 비겁하다고. 그렇게 되면 중요한 순간에 마을 사람들을 통솔할 수 없어. 매눈은 길게 고민하지 않고 흰달의 제안을 받아들였어.

흰달과 매눈이 활쏘기 시합을 하는 날, 마을 사람들은 해가 뜨기도 전에 너른터로 모여들었어.

"에이, 그래도 흰달 님이 이기지 않겠어? 용의 눈으로 과녁을 보고 용의 힘으로 활을 쏠 텐데, 아무리 신궁이라고 해도 매눈 님은 그저 우리 같은 사람이잖아. 절대 흰달 님을 이길 수 없지."

한발은 은근히 매눈을 깎아내리며 흰달 편을 들었어. 한발은 사냥이든 채취든 뭐든 집을 나설 때마다 늘 한 발 내딛고는 '내가 뭘 빠뜨린 거 같은데' 하며 집으로 되돌아가서 붙여진 이름이야.

"듣고 보니 한발 말이 맞는 거 같구먼."

오른편에 섰던 사람들이 우르르 왼편으로 옮겨갔어.

주먹으로 바위도 깨뜨리는 바우손이 주먹을 불끈 쥐고 앞으로 나섰어.

"신이라고 뭐든지 잘하는 건 아니지. 우리 중에 흰달 님이 활 쏘는 거 본 사람 있어? 없지? 거 봐. 흰달 님은 활을 쏴 본 적이 없다니까. 왜? 활을 못 쏘거든. 그러니까 신궁이신 매눈 님이 절대로 질 리가 없다, 이거야."

"실력은 꼭 눈으로 봐야 아나? 흰달 님이 못하는 게 어디 있어?"

한발 말에 바우손은 쯧쯧 혀를 차고 고개를 저었어.

"가엾은 한발. 넌 흰달 님을 그렇게 겪어 보고도 아직도 몰라? 흰달 님도 못하는 게 많다고. 지난번에 아이들이랑 공기놀이할 때 지는 거 봤지? 지고 나서는 해 본 적 없어서 진 거라며 다시 하자고, 다시 하자고 그랬잖아. 그뿐이야? 나랑 바위구멍에 돌 던져 넣기 시합할 때도 졌잖아. 그때도 분하다며 한 번만 더 하자고, 더 하자고……. 내가 흰달 님 불쌍해서 한 번 더 해 줬잖아. 물론 내가 다 이겼지만. 다들 기억하지?"

"맞다, 맞아."

바우손의 말에, 왼편에 섰던 사람들이 우르르 오른편으로 옮겨갔어. 하지만 한발은 입을 비쭉이며 자리를 옮기지 않았어. 단 한 명의 흰달 편이 된 거지.

"의리라곤 눈곱만큼도 찾아볼 수 없는 사람들 같으니라고. 다들 갈 테면 가라지! 나는 우리 흰달 님과의 의리를 지킬 테니까!"

매눈 족장과 이야기를 나누던 흰달이 한발을 돌아봤어.

"한발, 의리는 갸륵하나 오른편으로 옮기고 싶으면 옮겨도 좋아."

"아닙니다요. 사람이 의리가 있지."

"의리라? 그러니까 내가 질 게 뻔하지만 의리로 그 자리를 지키겠다, 이 말이군. 한발, 그게 더 날 언짢게 한다는 걸 설마 모르는 건 아니지?"

흰달은 짐짓 삐친 척, 고개를 돌렸어. 한발은 그제야 제 입을 찰싹 때리며

"아차차, 내가. 어이쿠, 내가."

하며 후회하는 시늉을 했어. 그 모습을 보곤 오른편에 선 사람들은 모두 킬킬대며 웃었지.

드디어 시합이 시작되었어.

매눈 족장이 말했어.

"흰달 님, 저기 끈을 묶어 놓은 자작나무 보이시지요? 그 끈 밑에 동그라미가 그려져 있습니다. 그걸 맞추시면 되는 겁니다."

멀리 자작나무 사이로 하얀 끈이 나풀대는 게 보였어.

"저 과녁이 자네가 쏠 수 있는 최대 거리인가?"

"그렇습니다. 결코 얕잡아 볼 거리는 아니지요."

"그렇긴 하지."

매눈 족장이 빙그레 웃더니 말했어.

"그럼 저부터 쏘겠습니다."

매눈 족장은 화살을 시위에 걸고 힘껏 당겼다 놓았어. 화살은 빠르게 쒸익 날아가 나풀대는 끈 아래 동그라미, 그것도 정가운데에 정확하게 박혔지.

"우와! 명중이다!"

"역시 신궁이야!"

마을 사람들이 박수를 쳤어. 흰달은 말없이 고개를 끄덕였어.

'흔들림 없는 자세며 마음가짐이 능히 마을을 지킬 자로구나.'

흰달이 매눈에게 말했어.

"역시 최고의 실력이야."

흰달도 활을 쏘았어. 단지 날아가는 화살에 눈길을 주었지. 화살은 예상대로 정확하게 과녁 선에 박혔어. 사람들이 일제히 만세를 불렀어.

"족장님 만세! 매눈 족장님이 흰달 님을 이겼다!"

마을 사람들은 달려와 매눈 족장을 안아 올리며 헹가래를 쳤어. 흰달은 빙그레 웃으며 활을 내려놓았어.

바우손이 흰달 앞으로 다가와 의기양양 놀리듯 노래를 불렀어.

"흰달 님, 흰달 님. 사람에게도 지는 흰달 님. 공기놀이도 지고, 돌 던져 넣기도 지고, 이젠 활쏘기마저 졌으니, 다음엔 누구에게 뭐로 지실까?"

흰달은 짐짓 바우손을 노려보며 대꾸했어.

"그건 흑곰을 잡으며 생각해 보겠다."

"줄놀이는 어떻습니까? 일단 아이들부터 이겨야 하지 않겠습니까?"

"줄놀이? 안 될 말이야. 아이들에게까지 지면 내 자존심은 시궁창에 처박히고 말 것이야. 나는 절대 줄놀이 시합은 하지 않을 것이니 말도 꺼내지 마라."

흰달이 식겁한 사람처럼 마구 손사래를 치자 바우손은 더욱 큰 소리로 웃었어. 둘이 주고받는 농담에 마을 사람들도 깔깔깔 웃어 댔지.

흰달은 한발을 돌아보며 말했어.

"내가 이 활로 흑곰을 잡아 오늘의 치욕을 씻으리라. 한발, 자네는 불이나 지펴 놓게."

한발은 땅이 꺼져라 한숨을 내쉬었어.

"아니, 곰을 활로 잡는다고요? 아이고야, 부디 성공하시길 빌겠습니다요. 의리고 뭐고 나도 진즉에 자리를 옮겼어야 했는데."

까르르 깔깔, 웃어 대는 사람들을 뒤로하고 흰달은 훌쩍 숲으로 날아갔어.

백두 마을에 나타난 나그네

흰달은 백두 마을로 돌아가다 낯선 자의 움직임을 느꼈어.

'누구지?'

흰달은 용의 눈길로 낯선 자를 돌아봤어.

사내는 허리에 검은 채찍을 차고, 등에는 활과 화살통을 메고, 손에는 긴 창을 들고 있었어. 걸다부진 체격에 어울리게 걸음걸이가 당당했지.

'백두 마을로 가는 거 같은데……. 무슨 일이지?'

흰달은 서둘러 백두 마을로 가서 멧돼지를 내려놓고 사내에게 돌아왔어. 사내의 걸음은 가볍고 빨랐어. 흰달은 사내의 걸음 속도에 맞춰 날다 소리 없이 땅으로 내려섰지.

"나그네는 걸음을 멈추라!"

사내는 등 뒤에서 들려오는 예상치 못한 여인의 목소리에 우뚝 걸음을 멈췄어. 여인의 목소리는 사뭇 단단하고 날카로웠어. 사내는 긴장한 채 창을 쥔 손에 힘을 주며 천천히 돌아섰어.

"어!"

사내는 순간 당황했어. 목소리로 여인일 거라 짐작했지만 눈앞의 여인은 깊은 숲을 지나다 마주칠 법한 사람의 모습이 아니었거든. 게다가 길고 흰 장옷을 머리부터 발끝까지 늘어뜨려 몸을 감추고 서 있는 여인에게서는 뭔지 모를 강력한 기운이 느껴졌어. 여인이 물었어.

"낯선 이여. 그대는 누구이며, 어디로 가는가?"

사내는 정신을 가다듬고 되물었어.

"불현듯 나타나 분주히 길 가는 이를 놀라게 하는 당신은 누구시오?"

사내의 목소리에는 당찬 힘이 깃들어 있었어.

"답하라. 누구이며, 어디로 가는가?"

사내는 신비로운 여인의 흔들림 없는 목소리에 잠시 생각을 멈추고 대답했어.

"나는 내두산 칠성국의 왕자 해마루올시다. 뉘시기에 목적지를 묻는 것이오?"

"칠성국 왕자가 험한 백두산에는 무슨 일로 왔는가?"

해마루는 슬그머니 화가 났어. 자신은 신분을 밝혔는데 상대방은 자신의 정체나 신분을 밝히지도 않을 뿐더러 꼬치꼬치 캐묻기나 하잖아.

"백두 마을에 볼일이 있어 가는 중이오만, 왜 가는지까지는 낯선 분께 말할 까닭이 없는 듯하오. 나는 갈 길이 바빠 이만."

해마루는 허리를 굽혀 인사를 하고는 뒤돌아 다시 걸었어.

흰달은 잠시 해마루의 뒷모습을 지켜보다 휘리릭 날아올라 백두 마을로 갔지. 백두 마을은 흰달이 가져다준 멧돼지를 해체하느라 분주했어.

흰달이 백두 마을에 내려서자 바우손이 활짝 웃으며 달려왔어. 정수리 부분을 흰 댕기로 묶은 긴 머리카락이 이리저리 흔들렸지.

"흰달 님. 이렇게 큰 멧돼지는 처음 봅니다. 마을 사람 모두가 한동안 배불리 먹고도 남겠어요."

"다행이구나."

"그런데 흑곰은 어디에 두고 늙은 멧돼지를 갖다주신 거예요? 설마 흑곰이 무서워 대신 멧돼지를 잡은 건 아니실 테고."

"흑곰은 이미 사라지고 없더구나."

"진짜요?"

바우손이 고개를 갸웃하더니 혼잣말로 중얼거렸어.

"흑룡이 조화를 부린 거였나?"

흰달은 바우손의 직관에 깜짝 놀랐어. 그러나 모른 척 대꾸했지.

"두려움은 종종 상대를 커 보이게 하는 법. 전사라면 두려움에 굴복해서는 안 된다."

"아, 네. 흰달 님."

바우손은 이내 표정을 바꾸며 흰달을 놀리듯 싱글거렸어.

"그런데 말이에요, 흰달 님. 멧돼지 어디에도 화살 맞은 흔적은 없던걸요."

바우손은 은빛 나는 둥근 미르(용의 옛말–편집자주) 표창을 흰달에게 건네며 다시금 싱글거렸어. 흰달은 바우손의 눈을 들여다보며 대답했어.

"활은 족장 매눈의 것이어야 하지 않겠느냐?"

바우손은 흰달과 눈이 마주치자 괜스레 부끄러웠어.

"아, 그렇지요."

바우손은 붉어진 얼굴로 고개를 끄덕였어.

'돌덩이 같은 손을 가진 여자아이의 웃음이 어찌 이리 맑고 순진한가.'

흰달은 웃는 바우손이 사랑스럽고 또 믿음직스러웠어.

"족장 매눈은 어디 있느냐?"

"불러올까요?"

바우손은 말 끝내기 무섭게 매눈의 오두막을 향해 달려갔어.

"이런. 내가 가겠다고 말하려던 참이었는데."

흰달은 웃으며 달려가는 바우손의 뒤를 따라 걸었어.

족장 매눈은 칼손과 함께 자신의 오두막에 있었어. 오두막은 통나무를 반으로 쪼갠 뒤, 엇갈리게 마주 세우고 틈새를 흙으로 메워 만든 집이야. 바닥에는 불을 지필 수 있는 둥근 불 터가 있고, 그 둘레에 몸을 눕힐 수 있는 침대가 있지. 매눈의 침대에는 곰의 털가죽이 개켜져 있었어. 지난 겨울 칼손이 선물한 거지.

흰달이 들어서자 바우손은 자기는 멧돼지 고기나 굽겠다며 눈치껏 오두막을 나갔어.

"족장 매눈. 내두산 칠성국의 왕자가 오고 있다."

"칠성국의 왕자요?"

매눈보다 칼손이 먼저 반응했어. 눈꼬리가 위로 치켜 올라간 쌍꺼풀 없는 두 눈 덕에 칼손의 인상은 늘 날카로워 보였어.

"대체 무슨 일로 여기까지 온답니까?"

"와 보면 알겠지."

"칠성국의 왕자들은 왕이 되기 전에 여행을 떠난다고 들었습니다. 왕국에 걸맞은 신부를 구하기 위해서 말이죠. 칠성국 왕자가 굳이 우리 마을을 찾아온다는 것은 우리 족장 매눈을……"

매눈은 급히 손을 들어 칼손의 말을 막았어.

"미리 짐작할 필요 없어. 와 보면 알 일이야."

칼손은 매눈 말에 뒤로 물러섰지만 심기가 불편해졌어. 한때 나그네였던 칼손이 굳이 백두 마을에 눌러앉아 살게 된 건 순전히 매눈 때문이었어. 칼이라면 누구 못지않게 잘 쓴다고 자신하다 늙은 호랑이의 공격을 받고 죽은 목숨이라 생각했을 때 난데없이 나타난 이가 매눈이었거든.

매눈은 날 듯 뛰어오르며 화살을 쏘아 칼손을 구해 줬어. 칼손은 지금도 그 순간을 잊지 못해. 수년 동안 온 천지를 떠돌며 숱한 사람을 만나 봤지만, 기다란 머리카락을 휘날리며 호랑이를 향해 화살을 쏘아 대는 겁 없는 여인은 처음이었어. 그날 칼손은 다짐했어. 앞으로의 인생은 매눈과 함께하겠다고. 혹시 매눈이 혼인을 한다면 그 짝은 당연히 자신이어야 한다고. 물론 매눈도 칼손의 마음을 모르지 않았어. 단지 내색하지 않을 뿐.

매눈은 화제를 돌렸어.

"그나저나 흰달 님. 흑곰의 정체는 무엇입니까? 어떤 흑곰이기에 굳이 활쏘기 시합까지 져 주면서 직접 잡으신 겁니까?"

흰달의 얼굴이 어두워졌어.

"흑룡의 저주를 받았다. 흑곰이 천리를 쉬지 않고 여기까지 달려온 건 몸에 깃든 흑룡의 불의 힘 때문이었다."

"그게 무슨……?"

둘의 대화를 듣고 있던 칼손이 성급히 말을 가로챘어.

"흰달 님! 그런데 흑곰을 쫓지 않고 멧돼지를 잡아오신 겁니까?"

"저주받은 흑곰은 멸했다. 사람들에게는 이 사실을 알리지 마라. 두려움에 사로잡힐 것이다."

"무슨 일이 벌어지고 있는 거지요?"

매눈이 긴장이 역력한 눈으로 물었어.

"나는 그동안 흑곰이 하는 짓을 두고보고 있었다. 몸에 불이 깃들었음에도 뿜어내지 않으니 이상했다. 흑곰은 흑룡의 명을 받고 백두산 곳곳을 돌아다니며 무언가를 찾고 있는 듯했다."

"그게 무엇인가요?"

"나도 짐작만 할 뿐이다. 중요한 것은 흑룡이 백두산에서 원하는 게 있다는 것이고, 그것을 위해 무슨 짓이든 하리라는 것이다. 조짐이 안 좋다. 한시도 경계를 늦추지 말아야 한다. 수련을 게을리하지 말고 대피 준비에 철저하여라. 그리고 이상한 낌새가 나타나면 즉시 나를 불러라. 내 이름을 세 번 부르기 전에 네 앞에 나타날 것이다."

"명심하겠나이다."

족장 매눈과 칼손이 무겁게 대답했어.

그때였어.

"족장님. 어서 나와 보세요."

마을 아이 하나가 달려와 매눈을 불렀어. 단발머리 소녀 보리야. 매눈은 칼손과 흰달을 돌아보고는 오두막을 나섰어. 칼손이 불안한 얼굴로 그 뒤를 따랐지.

너른터에는 칠성국의 왕자 해마루가 서 있었어. 마을 사람들은 호기심 어린 눈초리로 왕자를 에워싼 채 탐색하고 있었지. 매눈과 칼손이 다가오자 사람들이 길을 터 줬어. 흰달은 옷 색을 바꾸고 소리 없이 사람들 틈바구니로 섞여 들어갔어. 매눈 곁에 선 칼손이 물었어.

"나는 전사 칼손이다. 낯선 자, 당신은 누구며, 무슨 일로 왔는가?"

"나는 내두산 칠성국의 왕자 해마루다. 전사 매눈을 만나러 왔다."

"매눈 님은 우리 백두 마을의 족장이시다. 예를 갖춰라."

왕자 해마루는 그제야 한쪽 무릎을 꺾어 앉으며 정중히 인사를 했어.

"내두여신의 혈통이자, 지옥신을 물리치고 칠성국의 주인이 되신 열네 신의 후손, 왕자 해마루 인사드립니다."

매눈 역시 한 발 앞으로 나서며 예를 갖춰 대답했어.

"먼 곳까지 찾아와 주셔서 감사합니다. 오늘 우리 마을은 사나운 흑곰이 사라진 걸 축하하는 잔치를 합니다. 용건은 나중에 듣도록 하겠습니다. 잠시 쉬었다가 함께 자리하시지요."

매눈은 바우손을 불러 말했어.

"귀한 손님이 오셨으니 쉴 곳을 내드려야 할 것 같아."

매눈의 부탁을 받은 바우손은 왕자 해마루를 빈 오두막으로 안내했어. 마을이 나그네를 위해 마련해 둔 오두막이지.

"여기서 쉬십시오."

말을 마치곤 서둘러 방을 나가려는데 왕자 해마루가 바우손을 불러세웠어.

"잠깐만."

"?"

"묻고 싶은 게 있소."

"뭘……?"

바우손은 해마루의 당당한 눈길과 마주한 순간 웬일인지 심장이 쿵 내려앉는 것 같았어.

'빛나는 눈동자를 가진 사내네.'

내려앉은 심장이 이번엔 둥실둥실 떠올라. 바우손은 아주 짧은 순간 왕자 해마루 같은 남자와 혼인하면 좋겠다는 생각을 했어.

바우손도 사실 족장 매눈 못지않게 혼인할 나이야. 하지만 마땅한 남편감을 찾지 못했지. 마을 사내 중에 마음에 차는 이가 없었거든. 그나마 눈길이 가는 칼손은 매눈에게 마음을 두고 있었어. 그렇다고 이웃 마을 사내를 만나 혼인을 하고 싶지는 않아. 이웃 마을 사내와 혼인을 하면 마을을 떠나야 하니 내키지 않았지. 그런데 오뚝한 콧날에 빛나는 눈동자를 가진 해마루 왕자는 기품 있고 다부져 보여 첫눈에 마음이 갔어.

해마루 왕자는 부드러운 목소리로 바우손에게 물었어.

"매눈 님이 빠르고 정확한 눈을 가지셨다는 게 참말이오?"

"참말이오."

"백발백중 신궁이라는 소문도 맞소?"

"맞긴 한데…… 왜 묻소?"

"나는 칠성국 왕자비가 될 이를 찾아다니는 중이오. 매눈 님이 소문대로 신궁이라니 내가 제대로 찾아온 것 같소."

바우손은 당황했어.

"뭐요? 우리 족장님을 신부로 삼겠다고요?"

바우손은 자신이 잘못 들었나 싶어 되물었지.

"그렇소."

해마루의 목소리는 퍽 진지했어.

"족장님은 우리 부족을 지켜야 하는 분인데 어디로 데려가겠다는 거요?"

바우손은 황당하면서도 한편 실망스러웠어. 잠시나마 둥실

둥실 떠오르던 심장이 부끄러웠지.

"알아서 해 보슈. 쉽진 않을 테지만."

바우손은 황급히 대꾸하고 손님의 오두막을 나왔어. 오두막 밖에는 칼손이 굳은 얼굴로 서 있었어.

삼성신의 신물을 찾다

 잔치는 떠들썩했어. 고기는 넉넉했고, 돌아가며 부르는 노랫소리와 모닥불가를 돌며 춤추는 사람들의 웃음소리가 어둠을 뚫고 울려 퍼졌지. 바우손은 사람들 사이에 끼어 앉아 먹고 마시며 깔깔거렸어. 그러는 중에도 틈틈이 해마루 왕자에게 눈길을 주었지. 아예 해마루 왕자에게 눈길을 붙박아 놓은 이도 있었어. 칼손이었지. 칼손은 도저히 웃고 떠들 수가 없었어. 언제 해마루 왕자가 매눈에게 청혼을 할지, 그것만이 궁금했거든.
 자리가 한창 무르익었을 때였어. 해마루 왕자가 자리에서 일어나 성큼성큼 매눈 앞으로 걸어갔어. 칼손과 바우손은 동시에 자리에서 벌떡 일어났어.

"무슨 일이오?"

칼손이 해마루를 막아서며 물었어. 매눈이 손을 들어 칼손을 제지했어.

"할 말이 있는 것 같은데, 말씀하시지요."

"내두여신의 혈통이자, 지옥신을 물리치고 칠성국의 주인이 되신 열네 신의 자손인 제가 백두 마을을 찾은 것은 백발백중 신궁이신 족장 매눈 님께 혼인을 청하기 위해서입니다."

시끌벅적하던 주위가 순식간에 조용해졌어.

"그걸 말이라고 하는 거요?"

성질 급한 칼손은 버럭 성을 냈어. 그런 칼손을 매눈이 조용히 손을 들어 막았어.

"나는 백두 마을 족장입니다. 우리 마을을 지키는 게 내 일입니다. 청혼을 거절합니다. 그러나 왕자님이 우리 마을에서 신붓감을 찾는 건 허락하겠습니다. 물론 상대가 스스로 원해야 합니다."

"나는 평범한 여인을 찾는 게 아닙니다. 칠성국은 지금껏 지옥신으로부터 내두산을 지켜 왔습니다. 칠성국 왕자비가 될

자는 능히 지옥신과 맞설 수 있는 담력과 실력을 갖추고 있어야 합니다."

"여기는 툭하면 흑룡이 나타나는 곳, 뛰어난 전사를 내줄 부족은 없소!"

칼손이 퉁명스레 대꾸했어. 둘러선 사람들 중에 누군가가 앞으로 나서며 이런 말을 했어.

"지옥신과 맞설 수 있는 담력과 실력을 갖춘 여인이라면 그건 단연 백두산 천지의 흰달 님이지. 여보게들, 안 그런가?"

행동보다 말이 앞서는 한발이야. 한발이 말을 메기니 곁에선 잰입이 얼른 받았지.

"암. 그렇지, 그렇지. 흰달 님은 활도 잘 쏴, 공기놀이도 잘해, 돌 던져 넣기도 잘해. 못하시는 게 없다니까. 그에 비하면 우리 마을 사람들은 완전 꽝이지, 꽝. 쯧쯧쯧. 이를 어째. 잘못 찾아오셨네."

잰입은 마을 사람들이 다 듣도록 큰 소리로 혀를 찼어. 그러자 사람들은 "그러게 말이야." 하며 다들 킬킬킬 웃어 댔어.

"왜들 웃는 거요? 나는 퍽 진지하오."

"우리도 진지하답니다, 왕자님. 흰달 님이 왕자님 배필이 되어 칠성국으로 떠날 걸 생각하면 벌써부터 눈물이 앞을 가린

다니까요. 안 그런가 다들?"

"그럼 그럼. 어디 눈물뿐인가? 콧물, 똥물 다 나오지."

이번엔 잰입이 말을 메기고 한발이 받았어. 두 사람이 주거니 받거니 놀리는 말을 쏟아내고 나머지 사람들은 낄낄 웃기나 하는 이런 상황이 해마루는 마음에 들지 않았어.

사실 매눈이 족장이라는 말을 듣는 순간부터 해마루는 아무런 기대도 하지 않았어. 그저 군중들 앞에서 광대가 되어 서 있는 이 시간이 한시라도 빨리 지나가길 바랄 뿐.

그런데 자꾸만 귀에 흰달 이름이 들리는 거야. 물론 해마루도 흰달이 누군지 잘 알아. 흑룡과 싸워 이긴 천지수호신 백룡 흰달을 어찌 모르겠어. 하지만 흰달은 백룡이잖아. 인간이 어떻게 백룡과, 그것도 천지수호신과 혼인을 하겠어?

"낯선 자의 갑작스런 청혼을 받아들일 사람은 이 세상에 아무도 없다는 것쯤은 나도 잘 압니다. 다만 기회를 주십시오."

칼손이 칼을 빼 들며 해마루 앞으로 다가갔어. 해마루는 엉겁결에 뒤로 한 발 물러섰어.

"우리 마을에서 매눈 님을 뺏어 가겠다? 그러려면 먼저 칼로 나를 이겨야 할 거요."

"칼을 거둬."

매눈이 굳은 얼굴로 자리에서 일어섰어.

"왕자는 자기 나라 전통에 따라 청혼을 했다. 나는 백두 마을 족장이므로 예를 다하겠다."

칼손이 당황하여 매눈을 돌아봤어. 그러나 매눈은 칼손 쪽으로는 눈길도 주지 않았어. 매눈은 해마루에게 말했어.

"나, 매눈은 백두 마을 족장으로서 바우손을 시켜 왕자를 마을 밖으로 내쫓을 수 있습니다. 칼손을 시켜 왕자님의 목숨을 빼앗을 수도 있습니다. 그러나 나는 예로써 대하겠습니다. 왕자님의 요청대로 기회를 드리겠습니다. 우리는 곧 신의 뜻이 어디에 있는지 알게 될 것입니다."

마을 사람들이 술렁거렸어.

"어쩌려고 저러는 거지? 뭘 하려는 거야?"

마을 사람들은 불안했지만 매눈은 눈빛 하나 흔들리지 않았어. 해마루는 빙그레 웃었어.

"예로써 대해 주신다니 저 역시 예를 다하겠습니다."

매눈이 말했어.

"제 판단은 활입니다."

"신궁의 솜씨를 볼 기회를 주시는군요."

"화살은 단 한 발입니다. 단 한 발의 화살로 저를 이기시면 청혼을 받아들이겠습니다. 그러나 진다면 왕자님은 백두 마을을 떠나야 합니다."

"좋습니다."

해마루는 칠성신 중 삼성신의 하나뿐인 후손이지만 무예가 뛰어난 것은 아니야. 칼이나 활 솜씨는 칠성신 후손 중에서 꼴찌나 다름없어. 하긴 솜씨가 뛰어났다면 진작에 왕자비를 구해 칠성국으로 돌아갔을 거야. 그동안 왕자비 후보들과 겨뤄서 이긴 적이 단 한 번도 없었기에 백두 마을까지 들어온 거지. 하지만 해마루에 대해 아는 게 없는 백두 마을 사람들은 불안했어.

"칠성국 왕자들은 다 뛰어난 전사라던데, 우리 매눈 님이 이길 수 있을까?"

"우리 매눈 님은 흰달 님이 인정한 신궁이잖아."

"그렇지만 저 왕자는 칠성신의 후예잖아. 무예가 오죽하겠어? 저러다 지기라도 하면 어쩐담."

"그러게. 그냥 거절하고 말지, 매눈 님은 굳이 예까지 차릴 게 뭐람."

백두 마을 사람들은 매눈의 판단이 마음에 들지 않았어.

새벽하늘이 희뿌윰하니 밝아 오자 매눈과 해마루는 활 쏘는 자리, 사대에 가 섰어. 마을 사람들은 호기심과 불안이 뒤

섞인 눈초리로 사대를 둘러쌌지.

과녁은 흰달과 활쏘기 시합을 했던 그 자작나무야.

매눈과 해마루는 나란히 사대에 서서 과녁을 바라보았어. 자작나무에 묶어 놓은 하얀 천이 바람에 나부꼈어.

"휴우, 꽤 멀군."

"자신이 없나 보군요."

해마루의 혼잣말을 듣고 매눈이 말했어.

"그럴 리가요. 먼저 쏘겠습니다."

해마루는 과녁을 한참이나 노려보았어. 바람에 나부끼는 흰 천은 쉽게 눈에 띄었는데 과녁은 흐릿했어. 한참을 노려보자 비로소 시야가 선명해졌지. 해마루는 활을 들어 천천히 시위를 당겼어. 시위가 팽팽해지자 신중하게 탕, 손을 놓았지. 새벽 공기를 가르며 날아가는 화살은 눈에 뵈지 않을 만큼 빨랐어. 매눈, 칼손은 물론이고 마을 사람 모두 눈도 깜빡하지 않고 날아가는 화살을 지켜보았어. 이어 매눈이 시위를 당겨 살을 쏘았어.

결과를 확인하기 위해 마을 사람들이 우르르 자작나무를 향해 달려갔어. 매눈의 승리였어. 해마루의 화살은 과녁 정중앙의 흰 점을 아슬아슬하게 비껴갔고, 매눈의 화살은 정확히 가운데 박혀 있었거든. 사람들은 탄성을 질렀고, 멀리서 이들을 지켜보던 흰달은 흡족한 미소를 지었어.

왕자 해마루는 약속대로 곧장 백두 마을을 떠났어. 바위손은 떠나는 왕자의 뒷모습을 아쉬운 눈길로 바라보았지.
해마루는 딱히 갈 곳이 없었어. 매눈은 해마루가 만나 볼 마지막 왕자비 후보였으니 더 이상 찾아갈 부족이 없는 거지. 칠성국으로 돌아갈 날은 아직도 많이 남아 있는데 말이야.
"휴우, 어쩐다? 혼자 돌아갈 수도 없고."
해마루는 긴 한숨을 내쉬었어.
"왜 굳이 이런 방식으로 부인을 얻게 하는지 모르겠어. 전통이라면 뭐든지 따라야 하는 건지도 모르겠고. 정말 피곤해."
해마루는 걸음을 멈추고 바위에 걸터앉았어.
"이젠 어디로 간담. 피휴우."
칠성국은 백두산 북쪽에 있는 내두산 칠성봉에 터를 잡은 일곱 신의 나라야. 오래전 지옥신이 쳐들어왔을 때 내두여신은 지옥신을 물리치기 위해 일곱 아들 신을 낳았어. 일곱 아들 신은 내두산 밖으로 나가 일곱 여신을 만나 혼인한 뒤 힘을 합쳐 지옥신과 맞서 싸웠지. 지옥신을 물리친 후에는 나라를 세웠고.
나라는 일곱 부부 신의 후계자들이 다스렸어. 후계자들은 무예를 익히고 일정한 나이가 되면 그들의 아버지처럼 칠성국 밖으로 나가 배우자를 구했어. 뛰어난 여전사를 찾아, 겨뤄 이기면 청혼을 하고 칠성국으로 데려왔지. 그게 전통이 되어 지금 해마루가 고생을 하는 거야.

그런데 이 전통은 큰 약점을 지니고 있었어. 신성에 인간의 피가 반복해서 섞이니 세월과 함께 신성이 약해진다는 약점 말이야. 근래에 와서 내세울 만한 신력을 갖춘 이가 없는 건 다 이 전통 때문이야.

해마루 역시 그래. 해마루는 어쩌다 삼성신의 검은 채찍을 찾아 후계자가 되었지만 채찍을 제대로 다룰 줄 몰라. 삼성신은 채찍으로 산을 갈라 골짜기를 만들었다는데 해마루가 할 줄 아는 건 고작해야 나뭇가지를 낚아채는 정도? 하긴 평상시에 산을 가를 일이 뭐 있겠어. 삼성신도 얼음신과 싸울 때만 산을 갈랐는데.

오래전에 얼음신이 세상을 얼음 속에 가둔 적이 있어. 그때 이성신이 두 눈으로 뜨거운 열을 쏘아 얼음을 녹였는데 녹은 물이 아무 데로나 콸콸 넘쳐흐르는 거야. 세상이 물로 덮이게 된 거지. 놀란 삼성신이 채찍을 내리쳐 산을 가르자 넘쳐흐르던 물들이 비로소 골짜기를 따라 흐르게 되었지. 세상을 구한 거야.

하지만 다 옛날 일이야. 평소에 산을 가르고 땅을 쪼갤 일이 뭐가 있겠어.

그래도 할 줄 아는데 안 하는 것과 할 줄 몰라서 못하는 건 다르잖아? 해마루는 채찍을 안 쓰는 게 아니라 다룰 능력이 없는 거야. 물론 활과 칼 정도는 꽤 다뤘지. 단지 싸우는 걸 좋아하거나 즐기지 않았을 뿐.

해마루가 좋아하는 건 꽃과 노래야. 그래서 허구한 날 숲을 다스리는 육성신의 후계자, 푸르손의 정원에 가 놀곤 했어.

채찍? 늘 몸에 지니고 다니긴 했지. 생각보다 쓸모가 많았거든. 허공에 휘두르면 채찍은 용케도 주변 나뭇가지를 휘어 감았어. 힘껏 잡아당겨도 풀리지 않았고. 그런 재주를 발견한 뒤로 해마루는 푸르손의 정원에 갈 때면 채찍을 이용해 나무와 나무 사이를 날 듯 옮겨다녔지. 그러다 왕과 왕비에게 들켜 혼쭐이 났어. 신물 모독이라고.

그 후로 한동안 수련만 하면서 얌전히 지냈어. 그러던 어느 날 우연히 연못 수면을 채찍으로 내리쳤는데 물방울이 사방으로 튀겨 나가면서 무지개를 만들지 뭐야. 그와 동시에 물방울들이 노래를 부르는 거야.

"우와, 아름다운데!"

해마루는 그 길로 푸르손의 정원으로 달려가 자랑을 했어. 푸르손은 박수를 치며 좋아했어.

"산을 갈라 물길을 만든 삼성신의 채찍으로 물을 갈라 무지개 길을 만들다니! 드디어 해마루와 신물이 교감을 시작한 건가?"

"당연하지! 그래서 말인데, 다음엔 이 숲에 꽃길을 만들어 볼까 생각 중이야. 어때, 좋지?"

"꽃길이라니! 그 아름다운 길에 내 힘이 반드시 보태져야겠는걸."

해마루와 푸르손은 '하하하' 웃었어. 그 후로 해마루는 날마다 무지개를 만들었어. 성안 아이들을 모아 무지개를 만들고 무지개 잡기 놀이를 벌인 거지. 아이들은 즐거워했고, 해마루는 행복했어. 하지만 왕과 왕비는 달랐어. 성난 하마처럼 노발대발 고래고래 소리를 질렀어.

"신물을 제대로 다룰 줄 모르는 것도 부끄러운 일인데 하물며 어린아이들 앞에서 신물을 장난감 삼아? 해마루, 네가 제정신이냐?"

해마루는 죄송하다는 말밖에는 딱히 할 말이 없었어. 왕과 왕비는 해마루에게 명을 내렸어.

"너는 위대한 삼성신의 신물을 찾은 자, 신물의 주인으로 살고자 한다면 그에 걸맞은 능력과 자격을 갖춰야 한다. 다른 후계자들처럼 너도 당장 칠성국 밖으로 나가 왕자비를 구해 와라. 왕자비는 삼성신 후계자의 비답게 최고의 전사여야 한다. 기한은 일 년이다."

후계자들이 아내를 구하기 위해 여정을 떠날 때는 거창한 의례를 했어. 칠성신 신전에 나아가 제를 지내고, 모든 부족민의 아낌 없는 응원 속에서 첫발을 내딛는 거지. 그러나 해마루는 강제로 떠밀려 길을 떠나야 했어. 벌인 셈이지. 그나마 축복을 해 준 이들은 칠성신 후계자인 왕자와 공주 들이었어. 그들은 해마루에게 뛰어나다고 소문난 여전사의 이름들을 알려 줬어.

"부디 칠성국에 어울리는 왕자비를 찾아서 돌아와."

그렇게 격려까지 하면서.

왕자비 구하는 일은 번번이 실패했어. 마지막 후보 매눈도 물론 실패했고.

"휴우. 갈 데가 없네."

왕자 해마루는 사방을 둘러보았어.

"에라 모르겠다. 여기까지 온 김에 천지 구경이나 하고 가야겠다."

해마루는 발길을 돌려 터덜터덜 천지를 향해 걸었어.

천지에 무지개길을 놓고

 흰달은 오랜만에 운무 걷힌 천지를 휘휘 헤엄쳐 돌았어. 흑곰이 나타난 후로 며칠을 쉬지 않고 백두산 골골에 깃들어 사는 식구들을 찾아다니다 보니 퍽 피곤했거든. 흰달은 물을 가르며 나아갔다가 솟구쳐 올랐다가, 다시 물속으로 곤두박질쳤어.
 "아, 시원하다."
 그동안 쌓인 피로가 단숨에 씻겨 나가는 것 같았어.
 한참을 헤엄치다 마지막으로 하늘 높이 솟구쳐 올라갔어. 햇살이 백룡의 날개와 희디흰 비늘에 반사되어 찬란하게 빛났지. 흰달은 하늘에서 공중제비를 한 번 돌고 물가에 사뿐히 내려앉았어. 땅에 발을 디딜 때는 스르르 사람의 모습을 하였지.

흰달은 천천히 천지 수변을 거닐었어. 풀 한 포기 없이 돌멩이와 흙으로 뒤덮인 천지 수변은 적막하고 황량한 사막 같았어. 들리는 건 흰 옷자락이 거친 땅을 스치는 소리뿐.

"꼬맹이 초초라도 있었으면."

흰달은 그리운 초초를 떠올리며 나지막이 한숨을 내쉬었어. 비록 초초가 없어서 외롭기는 해도 아무 일도 일어나지 않는 지금이 더없이 소중했어.

"언제까지 이 평화가 지속될 수 있을까."

얼마 전부터 백두산 천리 밖의 기운이 심상치 않아. 동쪽 숲에 살던 거대한 흑곰이 나타났던 것 말고 드러난 일은 없었지만 흰달은 예감이 좋지 않았어.

'통로는 어디에 있을까? 흑룡보다 내가 먼저 찾아야 할 텐데.'

지켜야 할 것이 어디에 있는지 알 수 없으니 불안했어. 게다가 혹시나 자신이 경계를 소홀히 해서 백두산에 또다시 흑룡의 화마가 덮칠까 두려웠지. 지난번 같은 일이 다시 일어나지 말라는 보장이 없으니까. 그래서 굳이 사람의 모습을 하고 골골마다, 마을마다 돌아다니며 흑룡이 침입하면 어떻게 힘을 합쳐 대항하고, 각자의 무리를 어떻게 보호할지 의논하며 준비시켰지.

흰달은 틈만 나면 족장과 전사들을 수련시키고, 대피소를 마련해 양식을 저장케 했어. 그래도 불안하여 무슨 일이 생기면 즉각 자기 이름을 세 번 소리쳐 부르라고 당부했지. 그러면 잠시 한눈을 팔아도 부르는 소리를 듣고 곧장 날아갈 수 있을 테니까.

흰달이 골똘히 생각에 잠겨 흑룡의 속셈을 따져 보는데 문득 인기척이 느껴졌어. 돌아보니 사막 같은 들판에 한 사내가 서 있지 뭐야.

'칠성국 왕자 해마루로군.'

흰달은 해마루에게 다가갔어. 해마루는 넋 빠진 사람처럼 멍하니 다가오는 흰달을 바라보았어.

"칠성국 왕자는 성스러운 땅까지 무슨 일로 왔는가?"

해마루는 오른무릎을 꺾어 앉으며 인사를 했어.

"내두여신의 혈통이자 지옥신을 물리치고 칠성봉에 일곱 왕국을 세운 칠성국 일곱 부부 신의 후손, 왕자 해마루 인사 올립니다."

"인사는 이미 한 것 같은데."

"지난번에는 미처 알아뵙지 못하여……."

해마루는 말을 하다 말고 일어나 고개를 들고 흰달을 마주 보았어.

"그때 왜 신분을 밝히지 않으셨나이까?"

"이곳엔 무슨 일로 왔는지부터 말해야 하지 않겠는가?"

"왕자비 구하는 건 모두 실패했고, 천지 구경이나 할까 하여 어렵사리 올라왔는데 백룡 흰달 님을 뵙습니다."

"예까지 오는 게 쉽지는 않았을 터."

"그리 어렵지 않았나이다."

해마루는 망설이다 말했어.

"평소 흰달 님을 뵙고 싶었나이다."

"왜?"

"백룡 흰달 님께서는 흑룡을 물리치셨다 들었습니다. 대체 어떤 분이기에 그런 막강한 힘을 지녔나 궁금했나이다."

"막강한 힘이라……."

불현듯 초초가 떠올랐어.

"나는 그저 강인한 존재로 태어났을 뿐이다. 진정한 강인함은 약한 곳에 있다."

"이해하기 어렵습니다."

"나는 백두산과 천지를 수호하는 신이다. 강한 것이 당연하다. 그러나 강한 것은 더 강한 것에 의해 부러지고 무너진다. 강가 갈대를 본 적이 있는가? 그들은 약하여 작은 바람에도 흔들린다. 그러나 서로 부딪쳐도 부러지지 않고, 홍수에도 휩쓸려 가지 않는다. 뿌리가 깊지도 않은데 말이다. 왜 그러겠느냐?"

해마루는 잠시 흰달을 바라보았어. 흰달의 검푸른 눈동자가 자신을 들여다보고 있었어.

"뿌리와 뿌리가 서로 얽히고설켜 있기 때문입니까?"

"강한 자를 찾느라 시간을 허비하지 말라. 함께 얽히고설킬 만한 자를 찾는 게 강해지는 길일지도 모른다."

흰달은 해마루 눈동자를 들여다보다 불현듯 발길을 돌려 천지 쪽으로 걸었어. 그 곁을 해마루가 따랐어.

"왕자는 듣지 못했는가? 나는 천리안을 가지고도 내 앞의 존재를 바로 보지 못하여 흑룡의 전사를 천지까지 끌어들였다. 그를 물리치지 않으면 살아 있는 모든 것이 죽음에 이를 터, 어찌 맞서 싸워 이기지 않을 수 있었겠는가."

흰달의 목소리는 덤덤하여 아무 감정도 느껴지지 않았어. 그래서인가 봐. 쓸쓸했어. 해마루가 느끼기엔 그랬어.

해마루는 처음 천지를 보고는 깜짝 놀랐어. 천지는 아름다운 곳이라고 들었는데 막상 와 보니 온통 흙과 돌투성이였고, 나무는 물론이고 풀 한 포기, 꽃 한 송이 없었어. 그런 삭막한 땅 한복판에서 백룡 홀로 헤엄을 치고 있는 거야.

'찬란한 신께서 어찌 이리 삭막한 곳에서 홀로 존재하는가.'

앞서 걷는 흰달의 등이 쓸쓸해 보였어. 해마루는 얼른 숨을 몰아쉬고 대꾸했어.

"흑룡인 줄 알았다면 끌어들이지 않았을 테지요. 상대를 믿는 건 어리석은 게 아닙니다. 믿음을 이용하는 자가 악한 것입니다."

흰달은 걸음을 멈추고 해마루를 돌아보았어.

'맑은 눈동자를 가진 자의 말은 따뜻하구나.'

해마루는 자신의 눈을 들여다보는 흰달의 눈을 마주보았지만 용의 눈동자는 깊어 아무것도 가늠할 수 없었어.

"무슨 생각을 하십니까?"

흰달은 대답하지 않았어. 그저 걸었어. 옷자락이 거친 땅을 스쳤어. 해마루는 뒤따르던 걸음을 멈추고 물었어.

"흰달 님, 물방울이 노래하는 걸 들어 보신 적 있습니까?"

흰달은 무슨 말인지 몰라 고개를 저었어. 해마루가 허리에 찬 채찍을 풀었어.

"자, 보십시오."

해마루는 천지 가로 다가갔어. 그러곤 허공에다 채찍을 휘둘러 동그라미를 그렸지. 해마루는 연이어 천천히 채찍으로 동그라미를 그렸고, 동그라미는 점점 수면으로 내려오더니 한순간 물낯을 쳐 걷어 냈어.

촥.

순간 물방울들이 사방으로 튀어 올랐고, 물방울들이 튀겨 나간 곳에 오색 무지개가 떴어. 무지개 안에서는 물방울들이 서로 부딪치며 '랑랑랑랑' 노래 소리를 내기 시작했지.

흰달은 눈이 휘둥그레졌어.

"흰달 님, 이 세계가 얼마나 아름다운지 아십니까? 작은 물방울들도 서로서로 부딪치며 아름다운 소리를 냅니다. 아름다운 소리로 세계를 노래하지요."

흰달이 영문을 몰라 해마루를 바라보았어.

"이제 이곳엔 거친 돌과 흙만 있는 것이 아닙니다. 오색 무지개와 물방울들의 노래도 있습니다."

"이내 사라지지 않겠는가?"

"사라진다고 존재하지 않는 것은 아닙니다."

"왕자는 내게 왜 이걸 보여 주는가?"

"이유가 있어야 합니까?"

"……."

흰달이 물끄러미 해마루를 바라보다 하늘로 눈길을 돌렸어.

"언젠가 천지에 해가 뜨고 지는 것을 보기 바란다. 뜨고 지는 붉은 해가 하늘과 열여섯 봉우리를 천지 수면에 비추어 균형 이룬 세계의 아름다움을 보여 준다. 왕자가 칠성국으로 돌아간 어느 날 문득 지는 해를 보면 아름다운 천지를 떠올리게 될 것이다."

해마루 왕자가 당황하여 고개를 숙였어.

"제가 섣불러 물색없이 무례를 범했습니다."

"보이는 대로 느끼고 말했을 뿐이지 않겠느냐. 나는 이제 천지를 거닐 때마다 해마루 왕자의 무지개를 떠올리게 되겠구나."

왕자 입가에 슬며시 웃음이 피어올랐어. 왕자가 말했어.

"이왕이면 오늘 천지의 일몰을 보면 좋겠습니다."

흰달의 검푸른 눈동자가 하늘을 흘낏 보더니 아주 잠깐 파랗게 번뜩였어.

"그건 힘들겠구나."

"왜죠?"

"운무가 밀려온다. 짙고 두터운 운무겠구나."

"제 눈엔 보이지 않나이다."

"보이지 않는다고 존재하지 않는 것 또한 아니니……."

흰달이 하던 말을 멈추고는 잠시 귀를 쫑긋하더니 해마루에게 말했어.

"서둘러 돌아가라. 이곳은 사람이 머물기에 적당하지 않은 곳이다."

흰달은 말을 마치고 돌아서서 급히 하늘로 날아올랐어. 해마루는 멀어져 가는 흰달을 올려다봤어.

'인사할 시간도 안 주시고 사라지는구나.'

해마루는 산을 내려갔어. 발아래 봉우리들 사이로 짙은 운무가 밀려들고 있었어. 해마루는 발길을 재촉했어. 그런데 머릿속에 자꾸 백룡 흰달의 말이 떠오르는 거야. 균형 이룬 세계의 아름다움. 그것이 어떤 것인지 진실로 보고 싶어졌어. 한편으로는 흰달이 천지를 헤엄치는 모습과 흰 장옷을 바람에 휘날리며 걷던 쓸쓸한 뒷모습이 떠올랐지. 해마루는 걸음을 멈추고 흰달이 사라진 하늘을 바라봤어.

 운무는 점점 짙어졌어. 키 큰 나무라도 있으면 채찍을 이용해 날아가면 좋으련만 백두산 꼭대기는 나무라곤 찾아보려야 찾아볼 수 없었어. 해마루는 두 발로 걸어 바위와 흙투성이 산길을 내려가야만 했어.

 가파른 비탈을 미끄러지다시피 내려왔지만 얼마 못 가 운무가 시야를 가렸어. 온몸은 축축해졌고, 시나브로 한기마저 밀려왔어. 해마루는 더는 걸을 수 없다는 걸 깨닫고 쉴 곳을 찾기로 했어. 조심조심 발 닿는 대로 한참을 걸어갔는데 별안간 발이 미끄러지더니 멈출 시도조차 해 볼 틈 없이 몸이 벼랑 아래로 떨어져 내렸어.

 으아악!

 터덕, 턱. 몸이 바위에 부딪치며 굴러떨어졌어. 급한 대로 무엇이든 잡으려 손을 뻗었지만 잡히는 게 없었어. 대책 없이 몸이 또다시 허공으로 튕겨 나갔어.

 '이대로 바닥으로 떨어진다면?'

 죽겠구나…… 하는데 무언가가 옆구리를 잡더니 위로 끌어올리지 뭐야. 천지수호신 흰달이야. 흰달이 장옷으로 해마루를 휘감고 뿌연 운무 속을 날고 있는 거야.

"흰달 님."

해마루가 눈이 둥그레져 흰달을 보았어. 그 순간 발이 땅에 닿았지. 흰달이 내려선 곳은 시커먼 아가리를 벌리고 있는 커다란 동굴 앞이었어.

"따라오라."

흰달은 앞장서 동굴로 걸어 들어갔지만 해마루는 그만 주저앉았어.

"으."

바위에 부딪치면서 다친 거야. 허벅지와 가슴께에 통증이 느껴졌어. 앞서가던 흰달이 돌아섰어.

"다쳤는가?"

"괜찮습니다."

해마루는 억지로 몸을 일으켜 세웠어. 통증에 숨이 턱턱 막혔지만 이를 악물고 동굴로 따라 들어갔어.

"운무가 걷히기를 기다려야 할 것이다."

동굴 안은 어두운데다 운무 탓에 공기는 축축하고, 퀴퀴한 냄새가 났어.

"안전한 곳이다. 머물라."

흰달은 이내 몸을 돌렸어.

"가십니까?"

"밖은 위험하다. 예서 기다리라."

흰달은 곧장 동굴 밖으로 나갔고, 해마루는 동굴 안을 둘러보았어. 보이는 게 없으니 동굴이 얼마나 넓은지, 깊은지, 안에 무엇이 있는지 알 수 없었어. 어디선가 졸졸 물 흐르는 소리가 들렸어. 귀 기울여 들으니 동굴 밖에서 나는 소리 같았어.

"휴우. 체면이 말이 아니구나."

팔을 뻗은 채 더듬더듬 몇 발자국을 디디니 손끝이 동굴 벽에 닿았어. 해마루는 통증에 가빠진 숨을 몰아쉬며 벽에 기대앉았어.

"기다리라 했으니 곧 돌아오시겠지."

어둠 속에서 할 일 없이 앉아 있자니 잠이 쏟아졌어.

타닥타닥, 장작 타는 소리에 눈을 뜨니 흰달이 맞은편 모닥불가에 앉아 있었어.

"깨었는가?"

모닥불가에는 마른 장작이 쌓여 있고 먹을 것까지 놓여 있었어. 흰달이 장작 한 개비를 불 속에 집어 던지며 말했어.

"뼈를 다쳤다. 어긋난 것은 다시 이었다. 아물 때까지 며칠 걸릴 것이다. 불편해도 참아야 할 것이다."

해마루는 흰 천이 친친 감긴 가슴과 부목을 댄 다리를 내려다봤어.

'직접 하셨을까?'

해마루의 궁금증을 듣기라도 한 양 흰달이 말했어.

"백두 마을 한발과 바우손이 다녀갔다."

"아, 그렇군요."

동물의 털가죽을 이어 붙여 만든 덮개, 음식, 마른 장작. 이 모든 걸 이고 지고 예까지 올라왔을 한발과 바우손을 생각하니 고맙기도 하고 한편으론 부끄럽기도 했어. 활쏘기 시합에서 지고 이번에는 발을 헛디뎌 몸 다친 꼴을 보이고, 수고롭게 무거운 짐을 지고 여기까지 오게 만들고. 휴우.

"사람은 연약하다. 누구라도 그럴 수 있다."

"제 마음을 읽으십니까?"

해마루 물음에 답을 하는 대신 흰달은 귀리죽과 말린 고기를 들고 일어섰어. 흰달이 걸음을 옮길 때마다 흰 장옷 끝자락이 하늘거리며 불꽃을 스쳤고, 활활 타오르던 불꽃은 마치 길을 내주기라도 하는 듯 스스로 휘며 타올랐어.

"먹어라. 한발과 바우손이 가져온 것이다."

흰달이 들고 온 걸 건네주었어. 해마루는 딱히 입맛이 돌지 앉아 음식이 든 그릇을 받아 발치에 내려놓았지. 그걸 본 흰달이 잠시 머뭇거리더니 곁에 앉았어. 그러곤 내려놓은 그릇을 다시 들어 해마루에게 내밀었어.

"먹어야 한다던데."

흰달의 뜻밖의 행동에 해마루는 잠시 당황했어.

"입맛이 없나이다."

"입맛? 그것이 무엇이냐? 필요하다면 구해다 주겠다."

"아, 그게 그러니까…… 먹고 싶은 마음이 없다는 뜻입니다."

흰달이 해마루 눈을 가만히 들여다보았어. 해마루는 얼굴이 화끈 달아올랐어. 흰달이 너무 가까운 곳에서 눈도 깜빡이지 않고 자기 눈을 빤히 들여다보니 곤혹스러웠지. 흰달이 다시 말했어.

"마음이 없어도 먹는 게 좋겠다. 바우손이 말했다. 기운이 있어야 낫고 사람은 먹어야 기운이 난다고. 그러니 어서 먹어라."

어쩔 수 없이 해마루는 그릇을 받아들고 죽을 떠먹었어. 귀리죽은 따뜻했고 뜻밖에 입맛이 돌았어. 흰달은 해마루가 숟가락질을 하자 제자리로 돌아가 먹는 모습을 지켜보았어.

귀리죽을 다 먹고 나서야 해마루는 주위를 둘러보았어. 동굴 안은 그리 깊지 않았지만 제법 넓었어. 오십여 명은 너끈히 쉴 만했지.

"며칠은 이 동굴에 머물러야 할 것이다."

"어쩔 수 없지요."

"구름은 쉽게 걷히지 않을 것이니 굳이 위험을 무릅쓰지 말라."

해마루는 끙, 신음 소리를 내며 벽에 다시 기댔어. 다친 곳의 통증이 고스란히 느껴졌어.

흰달은 또다시 장작 하나를 불 속에 집어넣었어. 동굴 벽에 드리워진 흰달의 그림자가 흔들리는 불꽃을 따라 흔들렸어. 동굴 안을 떠다니던 습기와 퀴퀴한 냄새들은 더 이상 느껴지지 않았지.

말없이 불꽃만 바라보던 해마루는 저도 모르는 새에 다시 잠에 빠졌어. 흰달은 잠든 해마루가 깨지 않도록 조심조심 다가가 바닥에 흘러내린 털가죽을 덮어 주었어.

해마루가 다시 잠에서 깨어났을 때 흰달은 보이지 않았어. 사원 불꽃 덕에 동굴 안은 다시 어두워졌고, 밖은 여전히 운무에 가려 앞을 볼 수 없었어. 다친 곳은 욱신거렸고, 몸은 한기가 들어 오싹했어. 졸졸 물 흐르는 소리가 들리는 걸로 봐서 가까운 곳에 샘이 있다는 것만 짐작할 뿐.

　해마루는 다친 다리를 끌고 동굴 입구까지 나갔다가 한숨만 내쉬고는 다시 자리로 돌아왔어. 으윽. 신음 소리가 절로 흘러나왔어. 모닥불을 다시 피우고는 불 곁에 드러누웠어.

다시는
인간의 감정에
휘둘리지 않으리라

　천지 수정궁으로 돌아온 흰달은 해마루가 걱정스러웠어. 왕자는 사람이니 아무래도 끼니때에 맞춰 무언가를 먹어야 할 테고, 모닥불이 꺼지면 홀로 추위를 견뎌야 하니 힘들 게 뻔했어.
　'땔감도 먹을 것도 넉넉하게 가져다 놓을 것을.'
　흰달은 공연스레 몸만 뒤척이며 시간을 보냈어. 날이 밝기 무섭게 흰달은 천지를 박차고 날아올라 백두 마을로 갔어. 매 눈은 이미 약초와 먹을 것, 장작 등을 한 아름 묶어 놓고 흰달을 기다리고 있었지.

"흰달 님, 번거롭게 가져다주느니 왕자님을 마을로 데려오는 게 어떨까요?"

"좋은 생각이다만, 그건 운무 속에서 길 잃은 나그네가 결정할 일 같구나."

칼손이 매눈 눈치를 살피며 말했어.

"하긴 마음이 불편해서 여길 다시 오고 싶어하겠습니까?"

불편한 건 왕자보다 칼손이라는 걸 흰달은 알고 있었어. 그래서 꾸려 준 짐을 들고 동굴로 갔을 때 해마루에게 백두 마을로 가겠느냐고 굳이 묻지 않았지.

해마루는 흰달이 가져다주는 걸 먹으며 하루하루를 보냈어. 처음엔 먹을 것만 주고 돌아가던 흰달이었는데 차츰 머무는 시간이 길어졌어. 흰달은 모닥불을 마주하고 앉아 해마루에게 오래전 칠성국을 침입했던 지옥신, 얼음신 이야기를 들려달라 청했고, 칠성국 사람들이 사는 이야기를 들려 달라 말했어. 해마루는 원하는 대로 이야기를 들려줬어. 어떤 이야기는 흰달도 이미 알고 있는 이야기였고, 어떤 이야기는 생소했어. 하지만 해마루가 눈을 반짝이며 하는 이야기를 늘 집중해 듣곤 했지.

해마루 이야기를 듣고 있으면 칠성국 사람들이 얼마나 자기 부족을 아끼고 지켜 주려 하는지 짐작할 수 있었어. 그건 백두 마을 사람들에게서도 느껴지는 것들이었지. 그래서 흰달은 사람의 강인함은 비록 약해도 '함께'하는 마음에서 비롯되는 것임을 재차 확인할 수 있었지. 해마루 이야기를 듣고 있으면 마음속에 모닥불처럼 따뜻한 기운이 번지는 것도 그런 까닭이라 여겼지.

해마루는 종종 칠성국 사람들이 즐기는 노래라며 낮은 목소리로 노래를 불러 주었지. 또 입술을 오므려 퓌리리리, 휘파람을 불기도 했어.

"초초 같구나."

해마루가 휘파람을 불면 흰달은 먼 그리움에 잠긴 얼굴로 흔들리는 불꽃을 바라보았어. 종종 해마루 얼굴에 어리는 불 그림자를 바라보며 빙그레 웃음 짓기도 했고.

일주일이나 지속되던 운무가 마침내 사라지고 동굴과 주변 숲이 모습을 드러냈어. 해마루의 상처도 꽤 아물었지. 해마루는 흰달이 가져다준 나무 지팡이를 짚고 동굴 밖으로 나갔어.

주변 땅은 온통 넙데데한 바위가 장판처럼 깔려 있고, 병풍처럼 둘러선 바위 절벽은 하늘에 닿을 듯 치솟아 있었지.

"제가 떨어진 곳이 저 절벽 위로군요. 그러니까 흰달 님이 저 중간쯤에서 절 구해 이곳으로 데려온 거고요."

"일 초라도 늦었으면 왕자는 아름다운 이곳을 보지 못했을 것이다."

흰달은 웃음 띤 얼굴로 대답했어. 일주일이라는 시간이 흐르는 동안 흰달은 해마루와 퍽 가까워졌어. 별것 아닌 일에도 흰달은 종종 웃었고, 해마루는 웃는 흰달을 보는 게 좋았지.

고개를 젖히고 절벽 위를 바라보던 해마루가 말했어.

"절벽 위에서 이 아래를 제대로 구경하고 싶군요."

"그 다리로 걸어 오를 수는 없다."

해마루가 빙긋 웃더니 말했어.

"걸어서 갈 수 있을 것 같은데요."

"무슨 말인가?"

해마루가 허리춤에 매달린 검은 채찍을 풀었어.

"삼성신께서는 이 채찍으로 산을 갈라 골짜기를 만들었다고 합니다. 이런 절벽쯤은 식은 죽 먹기인 거지요."

해마루는 채찍을 높이 쳐들더니 절벽 한가운데를 후려쳤어. 촥, 소리와 함께 절벽이 흔들렸어. 흰달이 고개를 갸웃했어.

"무엇을 한 것이냐?"

해마루가 '푸하하하' 큰 소리로 웃더니 말했어.

"제가 운이 좋아 어쩌다 삼성신의 채찍을 찾았습니다. 그 덕에 삼성신의 후계자가 되었지요. 하지만 이 신물을 다룰 능력이 제겐 없습니다. 삼성신이라면 능히 이 절벽을 갈라 길을 냈을 텐데 말입니다."

흰달이 피식 웃었어.

"신물 다룰 능력이 없다니 다행이구나. 자칫 백두산 짐승들이 놀라 달아날 뻔했다."

"그렇군요! 정말 다행입니다."

해마루와 흰달은 서로를 마주보고 한참을 웃었어.

흰달은 장옷을 펼쳐 들었어. 그러자 하늘거리던 천에 촤라락 흰 비늘이 돋아났지. 흰달은 장옷으로 해마루를 휘어 감고 절벽 위로 날아 올라갔어.

절벽 위 들판에는 천지 주변과는 달리 초록의 풀들이 자라 바람에 흔들리고 있었어. 흔들리는 풀잎 위로 내려앉은 햇살은 눈부시게 반짝였어.

"우와! 이곳은 밝고 아름답군요!"

해마루가 탄성을 질렀어.

"백두산 모든 곳이 천지와 같아서야 되겠느냐."

해마루가 갑자기 무릎을 꿇더니 코가 닿을 듯 땅바닥에 엎드렸어.

"무엇을 하는 것이냐?"

"흰달 님, 보십시오. 여기 꽃이 있나이다. 춥고 바람 거친 이곳에서 이렇게 당당하게 꽃을 피워 내다니, 놀랍지 않습니까? 제가 보기엔 흰달 님과 닮은 거 같습니다."

"나를?"

흰달은 뭐라 대꾸해야 할지 몰랐어. 그래서 그냥 눈길을 돌려 버렸어. 빛으로 가득 찬 백두산이 눈에 가득 들어왔어.

'그렇구나. 아름답구나.'

천지에 사는 흰달은 허구한 날 이 들판을 거닐어. 아래 세상을 내려다보기 좋기 때문이지. 일 년 중 절반은 눈에 덮여 있고, 여름이 와야지만 꽃들이 하나둘 피어나는 땅, 바람 거칠고 구름 많은 땅에 조그만 꽃들이 오종종하게 피어나면 흰달은 신기했어. 삭막한 천지 주변이 온화해진 것 같았거든. 긴 안개 뒤에 찾아온 햇살 밝은 날은 더욱 그랬지. 오늘은 유난히 환하고 찬란해. 까마득히 먼 봉우리까지 선명해. 흰달은 마치 처음 이 들판에 선 사람처럼 발아래 백두산을 감격에 차

바라보았어. 해마루는 그런 흰달을 웃음 머금고 바라보았고.

그때였어. 퉁명스러운 땅끝발의 목소리가 들려온 것은.

- 칠성국 왕자의 여인은 칠성국으로 가야 한다는 걸 알고 계십니까?

흰달은 땅끝발의 퉁명스런 질문이 마음에 들지 않았어. 곁에 있는 해마루 때문인 줄 알기에 더 불쾌했어. 그러나 무시할 수 없었어. 땅끝발은 백두산의 질서를 지키는 위대한 자 중 하나니까. 설령 그렇다고 해도 이런 식의 무례를 받아들일 수는 없었어.

- 무례하다.

- 운무를 핑계로 왕자를 돌보는 것은 그만 끝내시는 게 좋을 겁니다. 계속 이리 행동한다면 우리는 그분께 고할 수밖에 없습니다. 아무리 긴 잠에 드셨다 해도 귀는 열고 계실 테니까요.

- 우리라니? 하늘눈도 땅끝발의 뜬금없는 이 말에 동의한다는 건가?

고요한 하늘눈의 목소리가 들려왔어.

- 우리는 같은 실수를 하실까 염려할 뿐입니다.

'같은 실수?'

흰달은 순간, 베어지고 이제는 아물었다 여겼던 흉터의 더

께가 강제로 뜯겨 나가는 것 같았어. 더는 즐거운 낯빛으로 해마루와 함께 햇살 가득한 들판을 거닐 수 없었어.

"나는 그만 가야겠다."

"가신다고요? 어디로요?"

"동쪽 숲을 돌아봐야 하느니."

"저도 같이 가면 안 되겠습니까?"

"왕자는 왕자의 일을 하라."

흰달은 영문 몰라 하는 해마루를 남겨 두고 곧장 하늘로 날아올랐어. 백두산 둘레를 한 바퀴 돌아본 뒤에는 수정궁으로 돌아갔지. 그런데 뜨겁고 아팠어. 아무렇지 않은 줄 알았던 심장이 불붙은 숯이 되어 오장육부를 태우는 것 같았지. 흰달은 고통을 이기지 못하고 신음했어. 비늘마다 맺힌 눈물방울이 몸을 타고 흘러내렸어.

'다시는 인간의 감정에 휘둘리지 않으리라.'

3부

백두산
나의 어머니

"흰달 님!"

흰달의 귀가 번쩍 뜨였어.

"흰달 님!"

'마침내 나를 부르는구나!'

"위험이 닥치면 내 이름을 세 번 부르라. 내가 당장 달려갈 것이니."

마음 사람들에게 당부했던 말, 그 부름인 거야.

흰달은 득달같이 천지 위로 솟구쳐 올라 바람골로 날아갔어. 그렇지 않아도 요즘 들어 바람골 기운이 좋지 않아 주시하던 차였는데 때마침 족장 푸른수정이 부른 거야.

바람골은 백두산 남쪽 중턱에 있는 마을이야. 바람골 키큰나무 숲에는 신성한 천년소나무가 있지. 바람골이 흑룡의 공격을 받게 된다면 키큰나무 숲은 물론이고 천년소나무도 불에 타 사라질 거야.

흰달이 도착했을 때 족장 푸른수정은 전사들과 귀를 땅에 바짝 대고 엎드려 있었어.

'땅속으로 무언가가 들어왔구나.'

흰달은 서둘러 바람골 너른마당에 내려섰어. 내려설 때는 스르르 사람의 모습을 했지.

"무슨 일인가?"

흰달은 차분한 목소리로 물었어.

"땅이 흔들립니다. 흰달 님도 느껴지지요?"

"언제부터 이러했는가?"

"오늘 아침에 아주 잠깐 땅이 흔들리는 것 같았습니다. 이상하다 싶었지만 잠시였기에 걱정하지 않았는데 이젠 아예 들썩이지 뭡니까? 땅속에 무언가 있는 것 같아 귀를 대고 들어봤는데 저희로서는 알 수가 없습니다. 알 수 없으니 불안하여 가

만히 있을 수 없어 흰달 님을 불렀습니다."

"잘하였다."

사람들이 엎드려 귀를 기울인 곳에는 거대한 두더지들이 땅속을 헤집고 다닌 듯 사방이 불룩불룩 융기되어 있었어. 융기된 흙들은 목적한 곳이 있는지 숲을 향해 길게 이어져 있었지. 흰달은 용의 눈으로 땅속을 들여다봤어. 또 용의 귀를 열고 소리에 집중했지. 크고 기다란 몸을 가진 자들의 거칠고 불규칙한 숨소리가 들렸어.

'천지간 통로를 찾느냐?'

신성한 천년소나무가 있는 곳이니 천지간 통로가 있을 거라 여겨 흑룡이 부하를 보낸 것임을 흰달은 즉각 알아챘어. 사실 흰달도 혹시나 하여 바람골을 살펴본 적이 있거든.

'너희들 헛수고에 바람골 사람들만 고생을 하는구나.'

흰달은 불안에 떠는 마을 사람들을 둘러보며 말했어.

"두려워할 것 없다. 내가 함께할 것이다."

이어서 족장 푸른수정에게 말했어.

"이곳은 위험하다. 부족민을 피신시켜야 한다."

푸른수정은 즉각 상황을 알아챘어. 사람들에게 서둘러 뒷산 동굴집으로 옮겨가라 일렀어.

흰달이 통로를 찾으려 처음 바람골에 왔을 때, 흑룡도 자신과 같은 판단을 할 거라는 데 생각이 미쳤어. 그렇다면 흑룡은 반드시 바람골을 공격할 테지. 흰달은 어느 마을보다 바람골을 먼저 준비시켜야 한다는 걸 깨달았지.

"바람골 족장 푸른수정은 들어라. 네 마을 사람들과 천년소나무를 지키려거든 모든 일을 뒤로 미루고 흑룡에 대비하라."

흰달은 푸른수정과 함께 준비에 들어갔어. 전사들은 거궁과 화살을 만들어 쏘는 연습을 했고, 뒷산 동굴에는 비상용 식량과 생필품들을 저장해 놓았어. 만일에 대비해 어른 없이 아이들끼리 동굴을 찾아가는 연습도 시켰지.

족장의 대피령이 떨어지자 사람들은 잠시 웅성거렸지만 머뭇거리지 않았어. 모두 일사분란하게 동굴로 이동했어.

분주한 사람들의 발자국 소리에 자극을 받았는지 땅속의 그것들은 크고 기다란 몸을 꿈틀거렸어. 그 바람에 땅거죽이 들썩거렸지.

"움직임이 빨라졌다. 자칫 사람들이 다치겠어."

흰달은 급히 하늘로 날아올랐어.

"다들 서둘라!"

흰달은 피신하는 사람들을 살펴보았어. 아이를 업고 달리는 여인, 어린 동생 손을 잡고 달리는 아이. 기우뚱거리는 몸을 지팡이로 짚어 가며 허우적허우적 산을 오르는 노인. 흰달은 우선 어린아이들에게 날아갔어. 달리는 무리 가까이로 날아가서는 장옷 자락을 펼쳐 어린 그들을 감싸안아 올렸어.

"두려워 마라. 내가 너희를 데려다줄 것이다."

흰달은 놀란 아이들을 굽어보며 미소를 지었어. 다행히 아이들도 무서워하지 않고 마주 웃었어.

"다들 용감하구나."

흰달은 수차례 마을과 동굴을 오가며 아이들과 노인들을 피신시켰어. 그러는 사이 땅은 점점 더 심하게 요동쳤고, 통나무를 쌓아 만든 투방집들은 기우뚱기우뚱 흔들렸어. 쉬고 먹고 자고 아기를 낳아 기를 수 있게 해 준 집. 어둠과 추위와 비와 바람, 눈으로부터 보호해 주던 집들이 천지사방으로 흔들리더니 하나둘 폭삭폭삭 주저앉았어.

흰달은 땅으로 내려와 두 팔을 치켜들고 소리쳤어.

"침입자여! 모습을 드러내라!"

흰달이 소리치자 흔들리던 땅거죽이 여기저기 터지고 갈라지기 시작했어. 그 바람에 흔들리면서도 버티고 있던 집들마저 와그르르 무너졌지.

"침입자여! 모습을 드러내라!"

흰달이 또 한 번 외치니 마침내 땅속에서 거대하고 기다란 존재들이 튀어나왔어. 놀랍게도 그들은 거대한 붉은 지렁이, 지룡이었어.

"저들이 어찌 저리 커졌단 말입니까?"

푸른수정이 놀라 입을 다물지 못했어. 아무리 커야 사람 손 한 뼘이면 충분한 지렁이들이 어마어마한 크기의 지룡이 되어 눈앞에 나타났으니 놀랄 만도 했지.

"흑룡이 저들에게 사악한 주문을 걸었구나."

흰달은 저도 모르게 눈을 감았어. 흑룡의 마법에 걸린 자들은 구할 수가 없어. 그들의 최후는 마법에 걸린 순간 정해져 있어. 사멸!

흰달은 가슴이 먹먹했어.

"가엾은 존재들."

거대하고 붉은 지룡들은 몸을 꼿꼿이 일으켜 세우고는 뜨거운 흙을 불처럼 뿜어냈어. 흰달은 재빠르게 몸을 피했어. 하지만 거대한 지룡들이 뿜어내는 흙들은 마을 여기저기에 꽂히듯 흩뿌려졌고, 뜨거운 흙들이 떨어진 곳에서는 불이 일었어. 만에 하나 뜨거운 흙이 숲으로 날아가거나 바람이 불어 거세어진 불길이 마을 뒤편 키큰나무 숲으로 옮겨 붙으면 오래된 소나무, 전나무 들은 물론이고, 신성한 천년소나무까지 순식간에 불에 타 죽고 말 거야. 그뿐이겠어. 주민들이 피해 있는 동굴은 독한 가스를 품은 연기로 가득차 여린 목숨들을 질식시키겠지. 흰달은 그런 상황이 오게 놔둘 수 없었어. 흰달은 하늘을 돌며 물을 뿌렸어. 불길이 꺼진 곳에서 뿌연 수증기가 피어올랐어.

"쏴라!"

푸른수정이 외쳤어. 전사들은 명령이 떨어지기 무섭게 거궁에 화살을 재어 당겼어. 쑤우웅!

거궁은 하늘을 나는 흑룡에 맞서기 위해 특별히 만든 무기야. 전사 다섯이 한 조를 이뤄 화살을 재고 시위를 당겨 쏘는 거대한 활과 화살이지.

전사들은 거궁 다섯 대를 동시에 쏘았지만 불의 힘을 가진 거대 지룡을 거꾸러뜨리는 건 쉽지 않았어. 지룡들은 거대한 몸을 일으켜 세우곤 쉼 없이 꿈틀대며 불의 흙을 뱉어 냈어. 거궁 두 대가 결국 불의 흙을 맞고 타 버렸어. 그나마 전사들은 재빨리 몸을 피해 크게 다치지 않았지. 전사들은 쉬지 않고 화살을 쏘았어. 마침내 화살 여러 발을 맞은 지룡이 흑룡의 마법에도 불구하고 거꾸러졌지.

마을 사람들은 동굴 앞에 줄지어 서서 전사들을 응원했어. 불타는 마을을 내려다보며 발을 쿵쿵 구르며 오래된 노래를 불렀어.

하늘 아래 하늘 품은
천년 만년 소나무는
가지가지 하늘 뻗고
뿌리뿌리 땅에 뻗고

송화송화 피니 날고
솔방울은 떨어져서
불길 만길 피어나도
푸른 싹은 돋고 말고.

마을 사람들은 누구랄 것 없이 쿵쿵 발을 구르며 오래된 노래를 불렀어. 하염없이 부르고 또 불렀어.

지룡의 뜨거운 흙 폭탄을 피해 하늘로 날아오른 흰달은 용의 날개를 활짝 펴고 불타는 마을을 향해 물을 뿌렸어. 이미 무너진 집들과 창고, 나무울타리를 타고 오르던 불길이 '치지지직' 소리를 내며 잦아들었어. 흰달은 붉은 지룡들을 향해서도 물줄기를 쏘았어. 뜨거워진 몸에 차가운 물이 뿌려지자 지룡들은 꿈틀거리며 저항했어. 설상가상 전사들의 거궁 공격까지 받으니 오래 버티지 못했지. 지룡의 몸에서 불의 힘이 사그라들었을 때, 흰달은 외쳤어.

"위대한 하늘과 백두산 정기를 이어받은 백룡 흰달이 천지수호신으로서 명하노니, 흑룡의 저주에 걸린 붉은 지룡들은 멸하라!"

용의 목소리가 울려 퍼지고 두 눈에서 푸른 빛줄기가 뻗어 나가자, 지룡들은 가뭇없이 사라졌어.

그러나 완전히 사라진 것은 아니었어. 지룡들은 신성한 나무들이 있는 마을마다 번갈아가며 나타났어. 만년버드나무가 있는 백두산 북쪽 버들골에도 어김없이 출몰했지.

흰달은 지룡이 나타난 데마다 찾아가 지룡을 멸했어. 마을 사람들은 상대적으로 안전한 땅으로 이주시켰어. 흑룡의 마법에 걸린 지룡을 멸했다고는 하지만 마법의 기운이 남아 있는 위험한 땅에서 살게 할 수는 없잖아.

바람골 사람들은 밝골로 가고 싶다고 했어.

"터가 넓고 맑은 물이 흐르는 곳이라 사람들과 다시 터 잡고 살기 적당할 듯합니다. 무엇보다 키큰나무 숲과 가까워 오가기 좋습니다."

흰달은 고개를 끄덕였어.

사람들은 며칠에 걸쳐 짐을 옮겼고, 새 땅에서 다시 집을 짓고 울타리를 세웠어. 그러나 오랫동안 살던 곳을 떠나온 사람들의 마음은 한없이 무거웠어.

아이들은 달랐어. 방글대며 어른들이 집 짓는 일을 돕기도 하고, 틈만 나면 동무들과 몰려다니며 놀았어. 흰달은 노는 아이들을 보니 마음이 놓였어.

"저리 놀아 근심 걱정을 잊으니 정말 다행이구나."

한번은 마을 사람들이 무사히 잘 적응해 살고 있는지 보러 밝골을 찾았어. 놀던 아이들이 흰달에게 달려왔어.

"흰달 님. 흰달 님."

달려오는 아이들이 흰달 눈에는 팔랑대며 날아오는 나비 떼 같았지. 아이들 중 깜장별이라는 소녀가 있는데, 대뜸 흰달에게 물었어.

"흰달 님, 우리는 언제 돌아가요?"

흰달은 깜짝 놀랐어.

"돌아가고 싶은 것이냐?"

"네. 집에 가고 싶어요."

"새로 집을 짓지 않았느냐? 네 부모도 여기 있고. 이젠 여기가 너희 마을이다."

또 다른 아이가 물었어.

"흑룡이 여기는 쳐들어오지 않는 거죠?"

아이들이 눈을 반짝이며 흰달의 대답을 기다렸어.

'이런.'

흰달은 당황했어. 아이들은 근심 걱정 잊고 사는 존재인 줄 알았는데 흑룡이 올까 두려워하고 있잖아. 흰달은 조심스레 대답했어.

"아이들아, 여기는 안전하단다. 그리고…… 마을 전사들이 싸우는 걸 너희도 봤지? 흑룡이 쳐들어온다고 해도 마을 전사들과 내가 너희들을 지켜 줄 것이야. 그러니 너희는 날마다 뛰어놀아라. 알겠느냐?"

흰달은 아이들 머리를 하나하나 쓰다듬어 주는데 자꾸만 눈물이 솟구쳐 올랐어. 하지만 참았지. 백룡이 울면 온 비늘에서 흘러내리는 눈물에 온 마을이 잠겨 버릴지도 모르니까. 흰달은 그저 모두를 두 팔로 끌어안고 토닥였어.

'두려웠구나. 너희들이 참으로 두려웠구나.'

따스한 아이들의 체온이 흰달에게 고스란히 전해졌어.

"그런데 흰달 님."

깜장별이 품을 헤치고 얼굴을 들었어.

"왜 그러느냐?"

"사실은요, 제가요, 천년소나무 님 발치에 공깃돌을 숨겨 놨는데 가져오지 못했거든요."

흰달이 깜장별 손을 쥐고 말했어.

"내가 다음에 올 때 꼭 찾아다 주마."

"진짜요? 와, 신난다."

깜장별은 콩콩 뛰며 즐거워했어.

보이지 않는 샘

 바우손은 해마루가 궁금하고 또 염려스러웠어. 왜 운무 가득한 높은 산 동굴에서 머무는지, 먹을 것은 있는지, 춥지는 않은지. 그런 바우손에게 매눈이 말했어.

 "배가 고프면 먹을 것이고, 추우면 모닥불을 피우겠지. 염려하지 않아도 돼. 게다가 흰달 님이 종종 들여다보시잖아. 걱정할 것 없어."

 "나도 알아. 그런데 자꾸 생각나고 걱정돼. 그때 그냥 동굴에 남아 있을 걸 그랬어. 한발이 그만 가자고 해서 돌아왔는데 후

회스러워."

매눈은 문득 바우손이 칼손과 닮았다는 걸 깨달았어. 늘 자신을 염려하는 칼손. 매눈이 충분히 할 수 있는 일도 대신 해 주려 하고, 밥 먹는 것, 잠자는 것까지 염려하는 칼손. 바우손이 그런 칼손을 닮아 있는 거야.

"바우손. 그렇게 염려스러우면 직접 찾아가 보는 건 어때?"

바우손 눈이 왕방울만 해졌어.

"정말? 내가 찾아가 봐도 될까?"

"당연하지. 마을의 족장으로서 허락할게. 그리고…… 설령 네가 돌아오지 않는다고 해도 괜찮아. 네 마음이 길을 내면 그 길을 따라가."

매눈 말이 떨어지기 무섭게 바우손은 산만 한 짐을 꾸려 해마루 왕자가 있는 동굴로 떠났어. 하얀 댕기를 나풀대면서.

자기를 위한 짐이라고는 주먹밥 몇 개와 가죽신 한 켤레, 그리고 엄마에게 물려받은 흑요석 단검이 다였지. 나머지는 해마루 왕자에게 먹일 음식과 약초들이었어.

문제는 동굴 위치를 정확히 모른다는 거야. 흰달 장옷에 감싸여 운무 속을 날아갔으니, 백운봉 중턱쯤인 것 같은데 정확하게 어디인지는 알 수 없었지.

동굴로 가는 동안 바우손은 가슴이 콩닥콩닥 뛰었어.

마음이 설레고 떨려도 때가 되니 배가 고팠어. 바우손은 가파른 골짜기 비탈에 비스듬히 서 있는 나무 곁에 자리를 잡았어. 앉은 자리에서는 바위투성이 골짜기가 한눈에 내려다보였어. 백두산은 산이 높고 넓은 만큼 곳곳이 달라. 낮은 곳은 나무가 우거져 있지만 위로 올라갈수록 나무들의 키는 작아지고 바위가 많아. 바우손이 앉아 있는 곳도 그래. 드문드문 키 작은 사스레나무가 있지만 시야를 가릴 정도로 많지는 않아. 바위와 돌멩이가 태반이야. 바우손은 등짐 속에서 주먹밥을 하나 꺼내 베어 물었어.

"어? 왕자님이다."

이게 웬일이야. 골짜기를 따라 해마루 왕자가 절뚝거리며 걸어 내려오잖아! 갈팡질팡, 오락가락하면서도 길을 제대로 찾아온 거지.

"왕자님!"

바우손은 반가워 소리쳤어. 하지만 입안 가득 주먹밥을 물었으니 목소리가 제대로 나올 리 없었지. 바우손은 주먹밥을 급히 우적우적 씹어 삼켰어. 해마루는 이내 바우손 발아래 길을 지나갔어. 바우손 심장이 두방망이질을 해댔어.

그런데 멀찍이서 왕자 뒤를 따라가는 게 있지 뭐야. 왕자는 아무것도 모르는 거 같고.

"설마, 저 짐승들이 해마루 왕자님을 노리는 거야? 그건 안 되지."

바우손은 주위를 둘러보았어. 가까운 곳에 툭 튀어나온 바위 하나가 눈에 들어왔어. 한쪽은 땅에 박혀 있고, 반대쪽은 골짜기를 향해 세 자는 되게 튀어나왔는데 이보다 적당한 바위는 없을 듯했어. 바우손은 달려가 주먹으로 있는 힘껏 바위를 내리쳤어. 한 방으로는 끄떡없었어. 바우손은 연거푸 바위를 내리쳤어. 그러자 커다란 바위에 마침내 쩍, 금이 갔어. 바우손은 마지막으로 젖 먹던 힘까지 보태 바위를 내리쳤어.

"으으으 얍!"

퉁. 금간 곳이 벌어지더니 튀어나온 바위 끄트머리가 골짜기를 향해 천천히 기울어졌어. 기울어질수록 틈새는 벌어졌고, 바위는 끝내 제 무게를 견디지 못하고 쪼개지며 우당탕 턱 턱, 골짜기로 떨어져 내렸어. 무시무시한 굉음과 함께 바위는 오랜 세월 골짜기에 박혀 있던 크고 작은 돌들을 몸으로 부딪쳐 이끌며 아래로 아래로 굴러 내렸어.

갑작스런 굉음과 소란에 해마루 왕자가 걸음을 멈추고 뒤돌아보았어. 뒤따라오던 늑대 무리도 미행을 멈추고 산사태가 일어나는 골짜기를 올려다봤지.

"물러서라."

놀란 늑대 우두머리는 제 무리에게 명령했고, 늑대들은 후다닥 뒤로 물러섰어.

굴러떨어지던 바위와 돌들은 늑대 무리와 해마루 왕자 사이에서 멈추었어. 순식간에 뿌옇게 인 먼지 속에 커다란 돌무지 하나가 생겼어.

'드디어 마주하는군.'

해마루는 먼지 너머에 서 있는 늑대 무리를 바라봤어.

'왜 날 따라오는 거지? 무슨 목적인 거지?'

처음 늑대 무리가 따라오고 있다는 걸 깨달았을 때 해마루는 긴장했어. 온 신경을 곤두세우며 늑대가 공격할 때를 대비해 어떻게 반격할지를 계산했지. 그런데 늑대들은 일정한 거리를 두고 따라올 뿐 공격하지 않았어. 다리를 절뚝거리는 해마루가 만만해 보였을 텐데 말이야. 늑대들은 간격을 좁히지도, 그렇다고 더 멀어지지도 않은 채 그저 뒤따라 걸었어.

해마루는 우두머리 늑대를 바라보았어. 덩치는 여느 늑대보다 곱절은 크고, 목둘레와 발목을 덮은 검은 털, 바위를 딛고

선 네 다리, 상대를 압도하는 강렬한 눈빛까지, 해마루는 우두머리 늑대가 얼마나 당당하고 위엄 있는 존재인지 충분히 느낄 수 있었어.

'예사 늑대가 아니군.'

땅끝발이야. 땅끝발이 해마루 왕자를 찾아온 거야.

'칠성국 왕자, 삼성신의 후계자. 기운이 선하군. 긴장은 해도 두려움은 없어.'

"됐다. 돌아가자."

땅끝발은 무리를 이끌고 돌아섰어. 해마루는 멀어져 가는 땅끝발과 그의 무리를 바라보았어. 그러다 생각난 듯 바위가 굴러떨어지던 비탈을 올려다보았지. 뿌연 먼지 속을 한 여인이 미끄러지듯 달려 내려오고 있었어. 백두 마을 바우손이야.

"왕자님, 괜찮으세요?"

바우손이 턱까지 찬 숨을 몰아쉬며 해마루에게 물었어. 해마루는 고개를 끄덕였어.

"산사태를 일으켜 늑대의 무리로부터 나를 구한 이가 바우손이었소? 그대는 참으로 놀라운 사람이오."

"어디 다친 데는 없으세요?"

해마루는 씽긋 웃으며 대답했어.

"덕분에 늑대들이 물러갔소. 그나저나 대체 어떻게 산사태를 일으킨 것이오?"

"아, 그, 그거요?"

바우손은 가쁜 숨을 다시 한 번 몰아쉬곤 씨익 웃었어. 그러곤 발아래 돌멩이를 하나 주워 주먹으로 내리쳤지. 돌멩이가 단박에 부서졌어. 해마루는 눈이 휘둥그레졌어.

"대단한 주먹을 가졌소! 어떻게 이런 힘을?"

바우손은 쑥스러워 붉어진 얼굴로 대답했어.

"저는 천지수호신 백두여신과 함께 수정궁으로 들어가신 백장수님의 후손입니다. 저희 집안은 대대로 힘이 세죠. 증조할머니는 족장이셨을 때 땅속에 박힌 바위를 들어내 백두 마을 너른마당을 고르셨습니다. 할머니는 족장이셨을 때 아름드리나무를 뽑아 마을 울타리를 만드셨고, 어머니는 마을을 공격한 호랑이를 맨손으로 잡았습니다."

"대단한 힘을 가진 집안이오."

"저는 부족합니다."

"부족하다니? 주먹으로 바위를 깰 수 있는 자가 어디 있다고 그런 말을 하는 것이오?"

"저는 주먹으로 바위를 깨지만 지혜는 부족합니다."

바우손은 족장이었던 어머니 뒤를 이어 족장이 될 수도 있었어. 마을 사람 그 누구도 대적할 수 없을 만큼 힘이 세고 용감해 족장으로 손색이 없었거든. 하지만 바우손은 매눈이 족장으로 더 어울린다고 생각했어. 매눈은 활을 잘 쏠 뿐만 아니라 늘 침착하고 지혜롭고 용감했거든. 족장의 자질을 두루 갖춘 이였지. 바우손은 흑룡이 언제 쳐들어올지 모르는 백두 마을의 족장은 힘만 센 자보다 지혜롭고 침착하여 바르게 대처할 수 있는 자가 되어야 한다고 생각했어. 그렇게 보면 매눈이 족장으로 제격이었지. 그래서 망설임 없이 매눈에게 족장의 자리를 권했어.

"지혜로운 자에게 족장의 자리를 내주었다? 바우손이야말로 진실로 현명한 영웅이오."

해마루는 오른무릎을 꿇고 존경을 담아 바우손에게 인사했어. 바우손은 왕자의 칭찬에 또 한 번 얼굴이 붉어졌지.

"그런데 왕자님은 어디로 가는 중인가요?"

"나는 옥장천이라는 샘을 찾는 중이오."

"옥장천이라고요?"

"그렇소. 옥장천 샘물을 마시면 날개가 돋고 신의 힘을 얻을 수 있다고 들었소. 왕자비를 구하기는 힘들 것 같고, 대신 날개를 얻어 돌아갈까 해서 말이오."

"푸하하하."

바우손은 그만 큰 소리로 웃고 말았어. 해마루가 어리둥절하여 물었어.

"왜 웃는 것이오? 내 말이 우습소?"

"그게 아니라……."

바우손은 터져 나온 웃음을 억지로 참으며 말했어.

"왕자님. 옥장천은 사람의 눈에 띄지 않아요. 신이 선택한 자만이 갈 수 있는 특별한 샘이거든요."

"그게 무슨 말이오?"

"신의 허락 없이는 볼 수도 마실 수도 없다는 뜻입니다."

웃음기 가득한 표정으로 옥장천을 설명하는 바우손 얼굴은 티 없이 맑게 빛났어. 그런 바우손을 왕자는 낙심한 채 바라보았지.

"그러니까 그게 말이죠."

바우손의 설명이 이어졌어.

오래전, 사람을 사랑한 신이 있었어. 신은 사람을 사랑하여 원하는 것은 무엇이든 들어주었지. 그런 신을 가까이 둔 사람들은 날마다 뭔가를 원했어. 하루는 하늘을 나는 새를 보며 자신들도 날고 싶어했어. 그래서 한 치의 고민도 없이 신에게 달려갔지.

"하늘의 새도 날고 신들도 나는데 우리 사람만 날지 못합니다. 우리에게도 새의 날개를 주십시오. 하늘을 날고 싶습니다."

"그게 뭐 어렵겠느냐. 이제부턴 하늘을 날도록 하여라."

신은 사람들에게 옥장천 샘물을 마시게 했어. 샘물을 마시자 사람들 어깻죽지에서는 날개가 돋아났지. 날개가 돋아난 사람들은 신이 나서 하늘로 날아올랐어. 하지만 몸이 허약한 이들 어깨에서는 날개가 돋아나지 않았어. 아무리 샘물을 마셔도 노인들에게는 날개가 돋지 않는 거야.

"치, 젊은이들에게만 날개를 주는 샘이라니. 엉터리네, 엉터리."

실망한 노인들은 마을로 돌아왔지. 그런데 문제가 생겼어. 날개가 생긴 젊은이들은 날아다니며 노는 데 정신이 팔려 도통 일을 하지 않는 거야. 젊은이들까지 먹여 살리느라 골병든 노인들은 참다못해 신을 찾아갔어.

"힘에 부쳐 이대로는 살 수가 없습니다."

신은 낙담하여 말했어.

"내가 준 날개가 너희에게 기쁨을 줄 줄 알았더니 약한 노인은 일을 하고, 건강하고 힘센 이들은 놀며 밥을 먹는 세상이 되었구나."

신은 사람들에게서 날개를 거두어 돌로 만들었어. 옥장천 샘은 돌이 된 날개로 덮어 버렸고.

"신이 허락한 자 외에는 그 누구도 이 샘을 보지 못하리라."

신은 그 말을 남기고 사라졌어.

"아시겠어요? 누구도 신의 허락 없이는 옥장천을 볼 수도, 마실 수도 없다고요."

"아쉽게 되었구나."

해마루는 실망했지만 한편으론 웃음도 났어. 사실 옥장천은 흰달이 알려 준 거거든. 하루는 졸졸 물 흐르는 소리가 들려 흰달에게 물었지.

"물 흐르는 소리는 들리는데 어찌 된 영문인지 정작 물은 볼 수가 없습니다. 근처 어딘가에 샘이 있는 것 같은데 말입니다."

흰달이 빙그레 웃더니 답했어.

"신성이 남아 있어 소리를 듣는가 보군. 저 물소리는 옥장천에서 솟아나는 물이 내는 소리니라."

"옥장천이라고요?"

"저 샘물을 마신 자에게는 신의 날개가 돋지."

"정말입니까? 그럼 저도 마셔야겠습니다. 날개가 돋으면 가고 싶은 데도 마음대로 갈 수 있고, 흰달 님과 나란히 하늘을 날 수도 있겠네요."

흰달은 깔깔 웃었어. 그렇게 웃는 걸 그날 처음 봤지.

"옥장천 샘을 찾거든 마시고 내게 날아오라. 나도 함께 날면 즐겁겠구나."

불가능하니 한 말이었던 거지.

'소리는 들어도 찾을 수 없는 샘이라니. 그걸 모르고 날마다 옥장천을 찾아 헤맸으니 흰달 님이 이런 나를 보고 얼마나 웃으셨을까?'

해마루는 생각 끝에 '푸하하하' 소리까지 내며 웃고 말았어. 바우손은 영문을 몰라 눈만 끔벅였지.

산사태 소리에 놀라 한달음에 날아왔던 흰달이 나무 뒤에 몸을 숨긴 채 둘의 모습을 지켜보고 있었어.

모르는 곳을 지켜야 한다

"다들 대비책은 세웠는가?"

우렁우렁한 백룡의 목소리가 숲의 공기를 누르며 낮게 퍼져 나갔어.

"그동안 흰달 님께 수차례 패하고도 다시 무리를 이끌고 올 거라는 말씀인가요?"

하늘눈이 물었어.

"그렇다."

"그게 언제쯤일까요?"

"알 수 없다. 하지만 천리 안으로 들어오는 순간 알게 될 것이다. 나, 천지수호신 백룡은 일 초도 눈을 감지 않는다."

"알고 있습니다. 늘 감사할 따름입니다. 되도록 빨리 피신하라 이르겠습니다."

백룡은 비로소 안심하고 땅끝발 쪽으로 눈길을 돌렸어.

"서두르라."

"내 영역은 내가 알아서 할 것입니다."

땅끝발은 고개를 돌린 채 퉁명스레 대답했어.

"땅끝발, 나를 보라."

백룡의 낮고 우렁우렁한 목소리엔 거역할 수 없는 힘이 서려 있었어. 땅끝발은 마지못해 백룡을 올려다봤어.

"모두 늦지 않아야 하느니."

백룡 말이 끝나기 무섭게 땅끝발이 대꾸했어.

"우린 전사들이오. 맞서 싸우겠다, 이 말입니다!"

백룡은 무거운 눈길로 땅끝발을 바라봤어. 흰달은 늘 땅끝발이 버거워. 땅끝발은 언제나 흰달을 미심쩍은 눈길로 바라봐. 시도 때도 없이 일거수일투족을 트집 잡고, 생각이 다르면 참지 않고 불퉁거려. 흑룡이 올 때가 임박했으니 미리 피신하라 이르는데도 여전히 거역해.

"우리도 백두산의 주인입니다. 같이 싸우는 게 이치에 맞소!"

"흑룡의 불은 위험하다. 그대들이 감당할 수 있는 게 아니다."

"아무리 흰달 님이라고 해도 위험하긴 마찬가지 아니오? 그러다 또 다치기라도 하면……."

땅끝발은 하던 말을 멈추더니 끝을 얼버무렸어. 큰곰 무리의 우두머리 검은돌이 '콱쿠후 콱쿠후' 웃으며 끼어들었어.

"날마다 퉁퉁거려도 백룡 흰달 님을 걱정하는구만. 콱쿠후후 콱쿠후후후!"

"말도 안 되는 소리는 지껄이는 게 아니지! 난 그저 흰달 님이 다치면 백두산을 지킬 수 없으니 하는 소리지!"

땅끝발은 버럭 성을 내곤 돌아앉았어.

백룡 흰달은 알고 있어. 땅끝발은 전사의 심장을 가진 늑대라는 걸. 목숨을 보전하기 위해 싸움을 피할 자가 절대 아니야. 그건 자기 자신을 부정하는 짓이라고 여겨 죽어도 그렇게 하지 못할 자야. 그러나 늑대는 아무리 용감해도 지상의 존재일 뿐, 하늘에서 불을 뿜는 자와 싸워 이길 수 없어. 게다가 사람처럼 활을 쏠 수도 없잖아. 땅끝발이 고집을 부리면 땅끝발만이 아니라 늑대 무리 전체가 몰살당할지도 몰라. 그러나 신이라도 해도 자신의 의지로 선택하는 삶을 막을 수는 없는 법이지.

"뜻대로 하라. 그러나 내가 부를 때 반드시 대답할 수 있어야 한다. 알겠느냐?"

땅끝발 눈이 둥그레지더니 황급히 두 다리를 접고 앉아 고개를 조아렸어.

백룡은 주위를 둘러보았어. 여기저기 몸을 숨기고 있는 자들 모두 백두산 네 발 존재들의 우두머리야. 백룡이 회합을 명해 한자리에 모여 들었지. 그들은 적당한 거리를 두고 앉거나 서서 천지수호신 백룡의 명을 듣고 있었어.

'이들 중 천지간 통로를 아는 자가 있을까? 없겠지. 아무도 모른다고 하셨잖아.'

백룡은 흑룡이 무엇을 원하는지는 알아. 하지만 알지 못하는 그곳을 어떻게 보호해야 할지 알 수 없었어.

'모르는 곳을 지켜야 한다.'

시름이 바닥없이 깊어졌어.

"잠깐."

주위를 둘러보던 백룡이 고개를 들어 동쪽 하늘 멀리를 바라보았어.

'오는구나.'

동쪽 하늘 끝이 시커멓게 변하고 있었어. 그런데 이게 웬일이야! 흑룡이 올 줄 알았는데, 새들이야. 불을 품은 거대한 검은 새, 검은 새의 무리!

백룡 흰달이 외쳤어.

"불을 품은 괴조들이 몰려온다. 모두 내 명을 기억하라."

우렁우렁한 백룡의 목소리가 백두산 곳곳으로 퍼져 나갔어. 그러자 백두산 천지를 메운 공기가 출렁이고, 아름드리나무들이 몸을 떨었어. 그 바람에 나뭇잎이 우수수 떨어지고, 나뭇가지에 앉아 쉬던 새들이 날아올랐어. 모여 있던 백두산 우두머리들은 재빨리 흩어져 돌아갔어. 모두들 제 무리를 향해 소리쳤어.

"불은 품은 괴조들이 몰려온다! 모두 피하라!"

백룡은 하늘로 솟구쳐 올랐어. 번쩍이는 비늘들이 스르르 희디흰 장옷으로 변하고 백룡 흰달은 어느새 사람의 모습으로 하늘을 날았어.

흰달은 서둘러 마을들을 돌며 검은 새들에게 대비할 것을 명했어. 빠르게 돌아친다고 했지만 마지막 마을에 도달했을 때는 이미 백두산 동쪽이 불타기 시작한 뒤였어. 하지만 한 군데를 더 들러야 했어. 해마루 왕자와 바우손이 있는 동굴.

흰달은 불길에 점점 붉어지는 동쪽 하늘을 바라보며 서둘러 동굴로 날아갔어.

흰달이 동굴 앞에 내려섰을 때, 마침 해마루와 바우손이 동굴 밖으로 나오고 있었어. 흰달은 나란히 동굴을 나오는 둘을 보는 순간 멈칫했어. 얼마 전 골짜기 아래서 둘이 마주서서 이야기하는 모습을 본 뒤로 흰달은 동굴을 찾지 않았어. 백두 마을에 갔을 때 매눈이 들려준 이야기 때문이었지. 매눈은 말했어.

"바우손은 해마루 왕자를 찾아갔나이다. 돌아오지 않을 것입니다."

"바우손이 해마루 왕자를?"

해마루는 왕자비를 구하는 여정에 오른 자이니, 바우손을 여인으로 맞은들 이상할 게 없었지. 동굴에서 지내는 해마루를 며칠 지켜본 결과 생각보다 왕자는 믿음이 가는 사람이었어. 게다가 바우손은 흰달이 특별히 아끼는 사람. 바우손과 해마루, 둘이 혼인한다고 해도 나쁠 건 없었지.

"그렇구나. 그리 되었구나."

그런데 이상했어. 머리로는 그렇게 생각하는데 심장 아래 어디쯤이 뭉텅 무너져 내리는 것 같았어.

'드디어 찾은 것인가?'

며칠 전 동굴에서 음식을 함께 나누며 흰달이 해마루에게 물었어.

"왜 신부를 구하러 다니는가?"

굳이 몰라서는 아니었어.

"칠성국 전통을 따르는 것입니다."

"칠성국은 왜 뛰어난 여전사를 왕자비로 선택하는가?"

"언젠가 쳐들어올 지옥신에 대비하기 위함입니다. 그러기 위해서는 최고의 전사가 필요합니다."

"지옥신에 맞서려면 전사들을 기르면 될 일. 상대가 최고의 전사이나 왕자에게 진정이 없는 자라면 어찌하겠는가."

"진정이라고요?"

해마루는 눈을 끔뻑이며 한참을 생각하더니 대답했어.

"흰달 님께서는 강한 자는 더 강한 자에게 부러진다고 하셨습니다. 그 말씀대로라면 최고의 전사 역시 존재하지 않을 것입니다. 저는…… 최고의 전사를 아내로 맞이하지 않겠나이다."

해마루가 타오르는 모닥불에 눈길을 둔 채 말을 이었어.

"흰달 님께서 알려 주신 대로 할 것입니다."

예상치 못한 말에 흰달은 이어질 다음 말이 궁금하여 해마루를 보았어. 모닥불에 비친 해마루의 얼굴은 그 어느 때보다 진지했어.

"내가 무엇을 알려 주었는가?"

"진정이 있는 자. 저는 진정을 나눌 여인에게 청혼하겠습니다."

흰달은 그만 헛웃음을 터뜨렸어.

"진정은 상처받기 쉽다."

"그래도 저는 진정을 나누고 싶은 여인에게 청혼하겠습니다."

흰달은 멍하니 해마루를 바라보았어. 불꽃이 떠오르는 걸 어찌할 수 없었어. 불꽃은 늘 듣기 좋은 말로 흰달의 마음을 사로잡았어. 그 말에 마음이 가 흰달은 불꽃을 남달리 귀히 여기고 진정으로 대했지. 하지만 불꽃은 그저 흑룡의 졸개였을 뿐, 참된 자는 아니었어. 진정도 없었고. 자신에게 한 모든 말과 행동이 진정하지 않았으므로 백두산을 불바다로 만들었지. 흰달은 모욕당한 자신의 진정 때문에 아팠고, 진실을 볼 생각조차 하지 않았던 어리석음이 부끄러웠어.

하지만 마음을 나누고 함께 꿈꿀 수 있는 이가 곁에 있는 삶이 얼마나 소중한지는 알게 되었지. 비록 상대는 거짓이었어도 흰달 자신은 느꼈지. 하늘의 해는 한결같아도 날마다 햇살이 새롭게 느껴지고 활기가 넘쳐 다음 날을 꿈꾸었던 순간을.

'진정을 나눌 여인을 만난 것인가?'

흰달은 활짝 웃으며 다가오는 해마루를 향해 소리 없는 질문을 던졌어. 동시에 깊은 어둠 속으로 가라앉는 자신을 느꼈지.

동굴을 나서던 왕자와 바우손은 흰달을 보자 반가운 얼굴로 다가왔어. 흰달 역시 웃음으로 맞으려 했지만 굳은 표정은 빠르게 풀어지지 않았어.

'천지를 수호하는 자의 마음이 어찌 이리 가벼운가? 피의 절반이 사람의 것인 탓인가?'

"흰달 님, 표정이 안 좋아요. 혹시 흑룡이 오고 있나요?"

바우손이 걱정 가득한 목소리로 물었어.

"불을 품은 괴조들이 몰려오고 있다."

"괴조요? 검은, 그러니까 그 거대한 새가 온다, 이 말씀이에요?"

바우손이 믿기지 않는지 묻고 또 물었어. 해마루는 불안한 눈길로 흰달을 바라보았어.

"이미 동쪽 숲이 불타기 시작했다. 마을로 돌아가 힘을 보태라."

흰달의 목소리는 그 어느 때보다 차분했어. 흰달은 장옷을 펼쳐 둘을 휘어 감고는 서둘러 하늘로 날아올랐어.

백두 마을에 도착하자 흰달은 둘을 내려놓고 곧장 돌아섰지. 그런 흰달의 팔을 해마루 왕자가 급히 잡아 돌려세웠어.

"어찌 신의 몸에 손을 대는가?"

해마루는 아랑곳하지 않았어.

"어디로 가십니까?"

"나는 백두산과 천지를 수호하는 백룡 흰달이다. 그런 내가 어디로 갈 것 같은가?"

흰달은 해마루의 손을 냉정히 뿌리치곤 훌쩍 날아올라 동쪽 숲으로 떠났어. 해마루는 하늘 멀리 사라지는 흰달을 아득한 눈길로 좇았어.

"냉정하구나. 어찌 늘 한마디 인사도 없이 가시는가."

흰달을 눈으로 좇는 해마루를 보는 바우손의 가슴엔 쓸쓸한 바람이 일었어. 며칠을 해마루 곁에서 지냈지만 해마루는 입만 열면 흰달 이야기뿐이었어. 자신이 어떤 이야기를 했을 때 흰달이 웃었는지, 그 모습이 어땠는지, 다음에 흰달을 만나면 들려주고 싶은 이야기가 무언지, 하고 싶은 게 무언지. 또 많은 걸 궁금해 했어. 용과 사람은 무엇이 다른지, 사람으로 변신하는 용은 계속해서 사람으로 살 수 있는지, 또 백두산을 떠나 살 수도 있는 것인지. 그러다 이야깃거리가 떨어지면 바우손에게 흰달 이야기를 해 달라고 청했어. 바우손이 흰달 이야기를 시작하면 두 눈을 반짝이며 듣다가 어느새 눈길을 동굴 입구에 둔 채 멍하니 앉아 있었어. 흰달을 기다리는 거였지. 하지만 날마다 동굴을 찾았다는 흰달은 며칠 낮밤이 지나도록 오지 않았어.

해마루는 흰달을 찾아가고 싶어했어. 바우손은 말렸어. 흰달님은 엄청 바쁠 것이다, 흑룡의 침입에 대비하여 준비를 해야 하기 때문이다, 그래서 오지 못하는 것이니 찾아간다면 오히려 방해만 될 것이다, 하며.

이미 사라져 보이지 않는 흰달에게 미련을 두고 하늘만 쳐다보는 해마루를 보다 못해 바우손이 재촉했어.

"왕자님, 언제까지 이렇게 서 계실 겁니까?"

해마루는 흰달에게 묻고 싶었어. 얼굴 가득 환한 웃음을 지었던 흰달이 왜 갑자기 얼음장처럼 차가운 얼굴로 가 버린 건지, 그날 이후로 왜 한 번도 동굴에 오지 않은 건지. 천지수호신이니 오죽 바쁠까, 하면서도 해마루는 흰달이 야속했어.

"왕자님! 그만 가자니까요."

바우손이 다시 한 번 해마루를 재촉했어. 해마루는 긴 숨 한 번 내쉬고는 마지못해 바우손의 뒤를 따라 매눈의 움막으로 갔어.

4부

내 신성은
오늘을 위해 주어진 것

 불을 품은 거대한 괴조들은 동쪽 숲을 불태우고, 백두산에 이르자 제각기 흩어져 숲과 마을을 공격했어. 흰달은 불타는 동쪽 숲부터 날아돌며 활활 타오르는 불길을 꺼야 했지. 또 흩어진 괴조들을 하나씩 찾아내 싸워야 했어.
 싸우는 이가 흰달만은 아니었어. 사람들은 사람의 방식으로 불을 뿜는 거대한 새에 맞서 싸웠지. 쉼 없이 화살을 쏘고, 창을 던졌어. 상대가 되지는 못했어. 마을들은 불에 타고 사람들은 화살을 쏘면서 죽어 갔어.

큰곰 검은돌의 무리, 호랑이 산이의 무리, 늑대 땅끝발의 무리…… 수많은 네 발 존재들도 불 품은 검은 새에 맞서 싸웠어. 다들 쉽지 않았어. 네 발 존재들은 땅을 딛고 달리는 종족인 반면, 거대한 새들은 하늘을 나는 종족. 상대가 되지 않았지.

땅끝발이 늑대 전사들에게 말했어.

"하늘을 나는 새도 쉴 때는 나뭇가지에 내려앉는 법이다. 불을 품은 거대한 새라고 해서 다를 것 없다. 우리는 그 틈을 노려 공격한다."

"알겠습니다, 대장."

하늘눈은 마록과 사슴, 고라니 들의 무리를 이끌고 숲을 빠져나갔어. 검은 새의 불길을 피할 수 있는 적당한 장소는 강가 큰 굴뿐이었거든. 그래서 무리를 이끌고 위험한 여정을 떠난 거지.

하지만 거대한 검은 새의 불을 피할 수는 없었어. 강변을 달리는 하늘눈의 무리를 발견한 검은 새가 쏜살같이 날아와 불을 뿜었어.

하늘눈의 무리는 싸움을 할 줄 몰라. 그들이 뜨거운 불길을 피하기 위해 할 수 있는 건 오직 달리는 일뿐이야. 하지만 땅을 달리는 자가 하늘을 나는 새보다 빠를 수는 없었지. 거대한 검은 새는 하늘눈의 무리보다 앞서 날아가, 달리는 사슴과 마록들의 둘레를 불을 쏘아 포위했어. 불길에 갇힌 자들은 두려움에 비명을 질렀어. 그 소리를 흰달이 들었어. 흰달은 상대하던 검은 새를 급히 떨치고 하늘눈의 무리를 향해 날아갔어.

"안 된다!"

흰달은 하늘눈의 무리를 발견한 순간 외마디 비명을 질렀어. 용기를 내어 불길을 뛰어넘으며 강가 동굴을 향해 전력 질주하는 무리 맨 뒤에서 하늘눈이 온몸으로 검은 새의 불길을 막고 있었거든.

지혜의 눈을 가진 하늘눈은 위기의 순간이 오면 딱 한 번 신성을 발휘할 수 있어. 땅끝발도 마찬가지야. 그러나 그건 죽음을 뜻해. 그걸 아는 흰달로서는 가슴이 무너졌지. 하지만 막을 수 없었어. 이미 불길에 휩싸인 하늘눈의 몸에서는 빛과 함께 뿔들이 자라고 있었거든. 등에서 배에서 가슴에서 다리에서 눈에서 입에서. 머리에서 발끝까지, 뼈 마디마디, 숨구멍 하나하나, 모든 곳에서 빛나는 마록의 뿔이 돋아나고 있었어. 자라난 뿔들은 빠른 속도로 거대한 검은 새를 향해 뻗어 나갔어. 검은 새는 놀라 불을 토했지만 빛나는 뿔들은 불길에도 거침없이 뻗어 나가 검은 새의 두 날개와 몸통, 부리를 꿰뚫었지. 무서울 것 없다는 듯 공격하던 검은 새는 카우우욱, 괴성을 지르며 마침내 땅바닥으로 떨어졌어. 떨어진 검은 새의 뚫린 구멍에서 불길이 터져 나왔어. 그러곤 순식간에 산산이 흩어져 사라졌지.

불을 품은 거대한 검은 새가 사라지자 빛나는 뿔들도 스르르 줄어들었어. 빛으로 가득 찼던 하늘눈의 몸에서도 빛이 사그라들었어.

"안 된다! 이대로 가면 안 된다."

흰달은 울부짖었어.

"울지 말아요, 흰달 님. 내 신성은 오늘을 위해 주어진 것이었습니다."

"이대로 보낼 수 없다."

하늘눈이 빙그레 웃으며 말했어.

"흰달 님이 지켜야 할 것은 천지에 있습니다."

"무슨 말인가?"

하늘눈은 희미하게 웃더니 마지막 빛이 사그라지자 가뭇없이 사라졌어. 흰달은 쏟아지는 눈물을 주체할 수 없었어. 흰달은 외마디 비명을 질렀어. 온몸을 덮은 흰 비늘들이 곤추서고 입에서는 깊은 슬픔의 소리가 터져 나왔어.

쿠우우, 쿠우우.

용의 울음소리는 천지를 뒤흔들었어. 비늘마다 눈물방울이 맺히더니 폭포처럼 흘러내렸지. 용이 울자 백두산 네 발 존재들은 하늘눈이 세상을 떠났다는 걸 알아챘어. 그들은 머리를 숙여 하늘눈의 죽음에 예를 갖췄어. 우우우우. 멀리서 땅끝발이 울었어.

흰달은 슬펐지만 지체할 수 없었어. 슬픔의 무게를 마음에 품고 다시 하늘로 날아올랐어. 하늘눈의 무리들이 무사히 동굴로 들어가게 도와야 했으니까. 흰달은 마지막 마록이 동굴로 들어가는 것을 보고서야 다시 불타는 전장으로 날아갔어.

거대한 새들은 거침없이 백두산을 공격했어. 백두산 전사들은 최선을 다해 싸우다 하나둘 쓰러져 갔어. 흰달은 백두산 식구들을 한 명이라도 더 살리려면 쉴 틈 없이 불길을 잡고 검은 새들을 멸해야 했어.

땅끝발은 전사들을 이끌고 숨을 돌리기 위해 잠시 땅으로 내려앉은 검은 새들을 공격했어. 땅끝발의 전사들은 용감했어. 하지만 아무리 불을 뿜어낸 후 기운이 빠진 검은 새라고 해도 상대하기에는 힘이 턱없이 부족했어. 그럼에도 싸워야 했어. 자신의 무리를 지키고, 대대로 살아온 삶터 백두산을 지키기 위해서는 물러설 수 없었지.

늑대 전사들은 쉬고 있는 검은 새에게 살금살금 다가가, 몸을 날려 단박에 몸통 위로 뛰어올랐어. 그러곤 순식간에 목덜미를 물었지. 하지만 검은 새의 몸집이 워낙 거대하다 보니 늑대의 이빨 정도에 숨통이 끊어지지 않았어. 검은 새들은 오히려 자신을 문 늑대를 태우고 하늘로 날아올랐어. 공중에서 몸을 흔들어 늑대 전사들을 땅으로 떨어뜨렸고, 땅으로 곤두박질 친 늑대 전사들은 그 자리에서 절명했어.

땅끝발은 적과 싸울 때 한 번 물면 절대 놓지 않았어. 검은 새의 목덜미를 문 채 하늘로 올라가서도 끝까지 버텼지. 검은 새가 마침내 숨통이 끊어져 땅으로 떨어지면 비로소 같이 땅으로 내려와 문 것을 뱉었어. 그러다 끝내 다른 새의 공격을 받고 말았지. 검은 새의 등에 매달려 목덜미를 물고 있는 사이 다른 새가 날아와 공격을 한 거야. 날카로운 발톱으로 땅끝발을 떼어 낸 뒤 땅바닥에 패대기쳤어. 여느 늑대 전사라면 죽었을 거야. 하지만 땅끝발은 신성을 지닌 자. 온몸이 으스러지고 피투성이가 되었지만 목숨을 잃지는 않았어.

땅끝발은 뼈가 부서지는 고통을 느끼며 깨달았어. 이번 싸움에서는 하늘눈처럼 자신도 목숨을 걸어야 한다는 것을. 땅끝발은 신성을 드러내기로 마음먹었어.

땅끝발은 남은 힘을 다해 몸을 일으켜 세웠어. 그때였어.

"땅끝발은 멈추라. 신성을 사용하지 말라!"

백룡 흰달이야.

"하늘눈은 신성으로 무리를 지켰으나 그대는 결코 사용치 말라."

"내 신성이면 검은 새 두 마리는 멸할 수 있습니다."

"내가 부를 때 그대는 언제나 대답하겠다고 약속했다! 거역하지 말라. 기다려라."

흰달은 땅끝발 주변 검은 새들을 모조리 멸하고 나서야 땅으로 내려왔어.

"제 죽음은 이미 눈앞에 와 있습니다."

"나는 그대를 보내지 않을 것이다. 그대는 살아서 나를 도우라."

"무슨 말인지 알아듣지 못하겠나이다!"

"시간이 없다. 부디 견뎌라."

흰달은 땅끝발을 향해 용의 입김을 불어 넣었어. 백룡의 기운이 닿자 고통으로 타들어 가던 피투성이 땅끝발의 몸이 얼음장처럼 차가워졌어. 뜨겁게 타는 고통과는 또 다른 고통이 땅끝발을 압도했어. 땅끝발은 혈관이 얼어붙는 고통을 견디지 못하고 끝내 '우우우' 비명을 질렀어. 흰달은 고통으로 울부짖는 땅끝발을 아랑곳하지 않고 쉼 없이 용의 기운을 불어넣었어. 한동안 비명을 지르던 땅끝발이 어느 순간 고요해지더니 풀기 없이 쓰러졌어.

"일어나라, 땅끝발!"

간절한 흰달의 부름은 천지간 공기를 흔들고 땅끝발의 영혼을 뒤흔들었어. 죽은 듯 꼼짝하지 않던 땅끝발이 움직거리는가 싶더니 서서히 몸이 커지고, 검고 누런 털들은 하나둘 푸른 빛으로 변했어. 갈색의 눈동자 역시 푸른 눈동자로 변했지. 변하지 않은 건 오직 목덜미와 발목의 검은 털뿐. 마침내 땅끝발이 거대한 파란 늑대가 된 거야.

백룡 흰달이 우렁우렁 용의 목소리로 외쳤어.

"고통을 감내한 자여. 그대는 백두 전사, 가서 싸워라."

땅끝발이 백룡 흰달을 향해 고개를 조아렸어.

"백두 전사 땅끝발, 목숨 걸고 산 자들을 지키겠나이다."

파란 늑대 땅끝발은 불타는 숲을 향해 내달렸어. 흰달 역시 시뻘건 불길에 휩싸인 백두산 하늘로 날아올랐지.

운명을 믿어 보리라

 백두 마을은 흑룡의 공격에 대비하라는 흰달의 명을 받고 진작부터 뒷산에 동굴집을 마련해 두었어. 그런데 뜻밖에 검은 새 무리가 공격해 왔다는 소식을 듣고 깜짝 놀랐지. 매눈은 서둘러 전사를 뺀 모두를 동굴집으로 대피시켰어.
 전사들은 바위로 만든 요새에 몸을 감추고 검은 새가 날아오기를 기다렸어. 모두 거대한 활시위에 화살을 걸고 말이야. 활을 든 전사들의 맨 앞에는 매눈과 칼손이 있었어.
 해마루는 돌로 쌓은 높다란 망루 위에 홀로 올라가 몸을 숨겼어. 바우손은 사람 머리만 한 돌들을 쌓아 놓고 해마루 뒤에 앉아 대기했고, 모두 긴장한 얼굴로 검은 연기로 뒤덮인 하늘을 노려보았어.

"내가 신호하기 전에는 절대 쏘면 안 된다!"

"알겠습니다."

잠시 후 검은 새 무리가 거대한 날개를 퍼덕이며 어두운 하늘을 가로질러 날아왔어. 새들은 생각보다 낮게 날았고, 마을 가까이 이르자 불을 뿜기 시작했어.

나무를 잇대고 흙을 개어 덮은 집들이 하나둘 불길에 무너져 내렸어. 검은 새는 마을을 태우더니 이내 망루로 옮겨갔어.

'조금만, 조금만 더 와라.'

해마루는 채찍을 단단히 쥐고는 때를 기다렸어.

'왔다!'

검은 새가 사정거리에 들어오자 해마루는 있는 힘껏 채찍을 휘둘렀어. 검은 채찍이 허공을 가르며 날아가 검은 새의 목을 휘감았지. 해마루는 잽싸게 채찍을 잡아당겼어. 생각보다 검은 새는 힘이 셌어. 목이 채찍에 묶였음에도 쉽사리 끌려오지 않았어. 자칫 해마루가 끌려 올라갈 판이야.

"바우손! 도와줘!"

해마루의 외침에 바우손이 달려가 채찍을 함께 잡았어.

"당겨!"

바우손이 있는 힘껏 채찍을 잡아당겼어. 비로소 검은 새가 땅으로 끌려 내려왔어.

"쏴라!"

매눈의 명령에 전사들이 일제히 일어서서 화살을 쏘았어. 흑요석 화살촉이 달린 신묘한 화살이었지. 화살들은 일제히 검은 새를 향해 날아갔어.

꺄우우르르.

검은 새는 괴성을 질렀어.

"바우손, 이제 바위를 던져!"

해마루의 외침에 바우손이 쌓아 놓은 바윗돌을 힘껏 던졌어.

명중!

바우손의 힘이 실린 바윗돌은 정확하게 날아가 검은 새를 타격했어. 흰달과 날마다 연습한 결과였지.

예상치 못한 공격을 받은 검은 새는 울부짖으며 커다란 날개를 퍼덕였어. 동굴 속 사람들은 검은 새의 괴성을 들으며 몸서리를 쳤지.

매눈이 검은 새의 눈동자를 향해 화살을 날렸어. 화살은 검은 새 눈동자를 파고들었어. 검은 새는 '쿠웨액' 비명을 질렀어. 해마루와 바우손은 다시 한 번 채찍을 잡아당겼고, 검은 새는 쉽게 끌려 내려왔어. 칼손이 날 듯 달려와 긴 칼로 검은 새의 목을 쳤어. 퍼덕이던 날개가 마침내 힘을 잃었어.

"해치웠다!"

백두 마을 전사들은 만세를 불렀어.

"다친 사람 없습니까?"

해마루가 사람들을 둘러보며 물었어.

"아무도 다치지 않았습니다."

전사들이 서로를 돌아보며 대답했어.

칼손이 신뢰 가득한 눈길로 해마루를 바라보았어.

"왕자 덕분에 매눈 님의 계획이 성공했소."

해마루가 빙그레 웃으며 대답했어.

"보탬이 되어 다행입니다."

매눈은 다짜고짜 청혼부터 했던 왕자의 당혹스러웠던 첫인상을 떠올리며 피식 웃고 말았어.

"왜 웃습니까?"

해마루가 의아하여 물었어.

"처음엔 이렇게 믿음직하고 용맹한 분인 줄 몰랐습니다. 바우손이 선택을 아주 잘한 것 같습니다."

곁에 섰던 바우손의 얼굴이 붉어졌어. 해마루는 고개를 갸웃했어.

"바우손이 무엇을 선택했나요?"

매눈이 바우손을 돌아봤어. 당황한 바우손이 매눈의 눈길을 피했어.

'무슨 문제가 있군.'

백두 마을 사람들은 검은 새들이 모두 백두산에서 물러갈 때까지 안전한 동굴집에서 지내기로 했어. 전사들은 검은 새의 침입을 받은 다른 마을을 돕기 위해 잠시 마을을 비우기로 했지.

흰달은 멀리서 백두 마을의 전투를 지켜봤어. 매눈의 지도력과 바우손의 협력은 나무랄 데 없이 완벽했어. 그동안 틈틈이 백두 마을을 오가며 훈련시킨 덕을 톡톡히 보는 것 같아 뿌듯했지. 무엇보다 해마루의 활약에 마음이 놓였어.

'스스로 자기를 지키고 다른 이를 지킬 수 있는 사람이었구나. 다행이다.'

흰달은 거대한 새들의 공격을 받는 마을마다 날아가 멸했지만 싸움은 좀체 끝나지 않았어. 검은 새는 터무니없이 많았어.

죽어 가는 땅끝발에게 자신의 힘을 나눠 주고 백두 전사로 만들었으나 그것만으로는 부족했어.

땅끝발 역시 쉬지 않고 검은 새를 향해 몸을 날려 차디찬 이빨을 목덜미에 박아 물리쳤지만 검은 새의 수는 헤아릴 수 없이 많았어.

흰달은 용이었지만 서서히 지쳐 갔어. 그렇다고 흑룡처럼 아무에게나 자신의 힘을 나눠 주고 전사로 만들 수는 없었어. 신력을 감당할 자는 그리 많지 않거든. 신력을 전해 받는 도중에 그 힘을 감당 못 하고 죽을 수도 있어. 다행히 고통을 버티고 신력을 갖게 된다고 해도 그 힘을 늘 선한 데만 사용하리라는 보장이 없었지. 신력을 허투루 쓰는 자가 생기면 세계의 질서는 무너지고 수많은 애먼 생명들이 다치게 돼. 지금이 딱 그 꼴이야. 흑룡이 불의 힘을 나누어 무리를 만들고, 그 무리가 백두산을 불태우고, 숱한 생명들을 죽이는 지금 말이야.

흰달은 버거워도 자신이 감당해야 한다고 생각했어.

'대책이 필요해.'

흰달은 백두 마을 전사들이 선돌배기 마을로 이동하는 걸 보았어. 해마루와 매눈이 앞장서고 바우손이 그 뒤를 따르고 있었지.

선돌배기는 온통 거무튀튀한 흙과 돌바위가 많은 언덕 마을이야. 거대한 선돌을 세워 하늘신께 제를 올리며 살지.

마을 사람들은 나무집 대신 바위 아래 굴을 파고 지내. 필요할 때만 밖으로 나와 사냥을 하고. 그들은 검은 새들이 날아와도 불태울 게 없으니 크게 걱정할 것 없다고 생각했지. 그러나 현실은 달랐어. 거대한 검은 새가 무리 지어 날아와 불로 땅을 지졌거든. 그 바람에 굴이나 땅은 뜨겁게 달구어졌고 사람들은 두려움에 흰달을 불렀어. 세 번을 부르고 부르고 또 불렀지. 하지만 흰달은 마음처럼 갈 수 없었어. 눈앞의 적이 흰달을 잡고 놓아 주지 않았거든.

굴 안에 있던 사람들은 흰달을 기다리다 지쳐 밖으로 나왔어. 그 순간 뜨거운 열기와 불길에 휩싸여 고통 속에 목숨을 잃어야 했지.

흰달은 죽어 가는 이들의 비명 소리를 들으며 가슴이 찢어지는 고통을 느꼈어. 그러나 당장 눈앞의 검은 새를 물리치지 않고는 갈 수 없었지. 그 와중에 백두 마을 전사들이 선돌배기로 달려가 주니 얼마나 든든한지 몰라. 하지만 검은 새가 무리 지어 불을 뿜어 대니 백두 마을 전사들만으로는 버거울 게 틀림없었어.

선돌배기에 여느 마을보다 검은 새들이 많이 몰려간 건 거대한 선돌 때문이었어. 흑룡은 아무리 찾아도 없는 천지간 통로가 있을 만한 마지막 장소는 거대하고도 신성한 돌이 있는 선돌배기일 거라 짐작한 거지. 그런 흑룡의 판단을 알아챈 흰달은 마음이 더 급했지.

흰달은 가까스로 검은 새 한 무리를 멸하고 열기로 이글거리는 선돌배기로 날아갔어. 선돌배기는 이미 백두 마을 전사들과 검은 새들의 전쟁터가 되어 있었어.

해마루는 뜨거운 바위 위에 서서 채찍을 휘두르며 검은 새를 낚아챘어. 하지만 한 마리를 잡으면 바로 다른 새가 공격하여 백두 마을에서처럼 성공하기 어려웠어. 가까스로 백두 마을 전사들과 힘을 합쳐 두 마리를 잡았을 뿐이야.

바우손은 뜨거운 돌을 부수고 들어내며 열 구덩이에 갇힌 사람들을 구했어. 가죽으로 손을 친친 감았지만 열기를 감당할 수 없었어. 금세 손이 데고 화끈거렸어.

흰달은 선돌배기로 날아가 급히 물부터 뿌렸어. 뜨거웠던 선돌배기가 물에 식으며 새하얀 수증기로 뒤덮였지.

"흰달 님이 오셨다!"

사람들이 기뻐하며 만세를 불렀어.

'다친 데 없이 잘 싸우고 계셨구나.'

해마루 역시 흰달의 등장이 눈물나게 반가웠어. 흰달의 등장만으로 승리를 확신할 수 있는 게 무엇보다 기뻤어. 매눈이나 백두 마을 전사들 모두 같은 심정이었지.

"미안하구나. 더 빨리 오지 못해서."

흰달은 사람의 모습으로 내려서며 우는 아이들을 끌어안았어.

"견뎌내 줘서 고맙구나."

흰달은 바우손에게 사람들을 데리고 안전한 곳으로 가라 일렀어. 그러곤 자신도 아이들을 안고 하늘로 날아올랐어.

흰달은 검은 새의 공격을 피하며 아이들을 옮기랴 싸우랴 정신이 없었어. 그러다 보니 용의 모습으로 돌아갈 틈이 없었지. 흰달은 흰 장옷을 펼쳐 하늘을 날며 물을 뿌리다 아이들을 옮겨야 했고, 아이들을 옮긴 뒤에는 다시 장옷을 펼치고 비늘 표창을 날려 검은 새를 공격해야 했어. 그런 다음엔 다시 아이들을 옮겼지.

백룡의 비늘 표창들은 검은 새 몸에 박히면 차가운 기운을 뿜어냈어. 불을 품은 새들의 몸속에 찬 기운이 퍼지며 불기운이 꺼졌지. 불 힘이 사라진 검은 새를 흰달이 서둘러 멸했어.

'선돌배기에 천지간 통로가 없다는 걸 깨달으면 흑룡은 새들을 어디로 보낼까?'

흰달은 정신없이 싸우는 중에도 생각했어. 도무지 감이 잡히지 않았어.

흰달이 검은 새 하나를 멸하고 돌아서는데 또 다른 새가 날아와 날카로운 발톱으로 흰달을 움켜쥐었어.

"위험해!"

해마루가 재빨리 채찍으로 검은 새를 후려쳤지만 늦었어. 검은 새는 흰달을 잡자마자 땅으로 내던졌고 흰달은 엉겁결에 땅바닥으로 곤두박질쳤어. 모든 게 순식간에 벌어졌어.

"안 돼!"

해마루는 흰달을 향해 채찍을 휘둘렀어. 휘릭, 채찍은 떨어지는 흰달 몸을 가까스로 휘감아 공중으로 다시 띄웠어. 그걸 본 백두 전사들이 달려가 가까스로 흰달을 받아 냈어. 하지만 해마루는 검은 새가 내뿜는 뜨거운 불을 고스란히 맞아야 했지. 그것으로 그치지 않았어. 검은 새는 해마루를 낚아채 던져 버렸어. 해마루는 불길에 휩싸인 채 멀리 내동댕이쳐졌어.

"왕자님!"

바우손이 해마루에게 달려갔어.

"해마루?"

백두 전사들에게 둘러싸여 있던 흰달이 벌떡 일어나 하늘로 날아올랐어. 흰달은 한눈에 상황을 파악했어. 서둘러 용으로 변신하여 검은 새를 공격했어. 그러곤 공중에서 그대로 멸해 버렸지.

흰달은 해마루에게 내려갔어. 사람으로 변신할 새도 없었어. 바우손이 해마루를 끌어안고 울고 있었어.

"흰달 님, 왕자님 좀 살려 주세요."

흰달은 머릿속이 아득했어. 매눈이 어찌할 바를 모르고 있는 백룡 흰달에게 말했어.

"흰달 님. 목숨이 끊어지진 않은 것 같습니다."

흰달은 아무 말도 할 수 없었어. 그저 용의 눈으로 죽어 가는 해마루와 울고 있는 바우손을 바라봤어.

"흰달 님. 왕자님을 살려 주세요."

바우손이 울며 애원했어. 흰달은 판단해야 했어. 머뭇거릴 시간이 없었어.

'견뎌 낼 수 있을까? 자칫 목숨을 잃을 수도 있어.'

쿠우우우. 백룡 흰달은 하늘눈을 보낼 때처럼 깊은 슬픔의 울음을 토했어.

'나는 백두산의 천지수호신 백룡이다. 저들의 운명을 믿어 보리라.'

흰달은 이를 악물었어. 그러곤 해마루와 바우손을 두 발로 움켜쥐고 하늘로 날아올랐어.

잠시 후 흰달은 옥장천에 내려앉았어.

의식 없는 해마루는 고통에 신음하고 있었어. 흰달이 바우손에게 말했어.

"네가 살려라. 왕자를 살려야 너도 살고 나도 산다. 반드시 살려라."

최후의 결전지

 흰달은 지치고 버거워도 싸움을 쉴 수 없었어. 백두산의 목숨 가진 존재를 하나라도 더 살리기 위해서라도, 옥장천에서 버티고 있는 해마루와 바우손을 위해서도 쉴 수 없었어. 둘을 살리려면 검은 새들의 공격으로부터 옥장천을 지키는 게 우선이었어. 인간의 눈에는 보이지 않지만 신의 눈은 물론, 흑룡의 불을 가진 검은 새의 눈에도 어쩌면 옥장천이 보일지 몰라. 왕자와 바우손을 위해 결계를 치긴 했지만 검은 새가 눈치라도 채고 공격한다면 파괴될 수밖에 없어. 그러면 왕자와 바우손은 죽을 것이고, 옥장천은 인간의 주검으로 오염되어 영원히 봉인될 거야. 검은 새의 눈길이 옥장천으로 향하지 않도록 해야 했어.

흰달은 옥장천 부근을 공격하는 검은 새들을 모조리 멸해 버렸어. 그런데 이상한 조짐이 보이기 시작했어. 근처 검은 새들이 하나둘 천지로 몰려가는 거야! 땅을 살펴보니 땅끝발 역시 천지 쪽으로 달려가고 있었어.

백두 전사가 된 뒤 땅끝발은 달리기 시작하면 바람처럼 빠르고, 높이 뛰어오르면 하늘을 나는 새도 잡을 수 있어. 그런 땅끝발이 정신없이 달리고 있었어.

- 백두 전사여, 멈춰라.
- 안 됩니다. 검은 새의 무리가 천지로 몰려갑니다.

'땅끝발은 백두 전사가 되어서도 안 된다고 하는구나. 참으로 땅끝발답도다.'

흰달이 물었어.

- 저들이 왜 천지로 가는가?
- 모릅니다. 무엇을 찾은 듯합니다.

'찾았다? 무엇을?'

흰달은 불현듯 하늘눈의 마지막 말이 떠올랐어. 하늘눈의 죽음 앞에서 이성을 잃고 잊어버린 마지막 말.

'흰달 님이 지켜야 할 것은 천지에 있습니다.'

흑룡이 불의 힘을 모아 찾으려는 곳. 어머니 백두여신이 수정궁으로 막은 땅. 천지의 중심, 천지심!

'그곳이었구나. 그곳을 흑룡이 알아챘구나.'

하늘눈이 흰달에게 마지막으로 남긴 말을 흑룡도 들었던 거지. 하늘을 뒤덮으며 천지로 몰려드는 검은 새 무리를 바라보며 흰달은 깨달았어.

'천지심. 최후의 결전지.'

흰달이 땅끝발에게 다급히 명령을 내렸어.

- 백두 전사 땅끝발은 당장 옥장천으로 가라.

- 안 됩니다. 천지가 위험합니다.

- 백룡 흰달은 백두 전사보다 강하며 결코 느리지 않다. 나를 믿고 가라. 그들을 지켜야 한다.

백두 전사 땅끝발은 천지수호신 백룡 흰달의 명령을 거역할 수 없었어. 땅끝발은 옥장천을 향해 달렸어.

흰달은 달리는 땅끝발을 내려다보며 서둘러 천지를 향해 날아갔어. 땅끝발이 달리기를 멈추고는 흰달을 올려다보았어.

- 부디 조심하십시오.

― 백두 전사여, 결코 늦어서는 안 되리라.

땅끝발은 서둘러 몸을 돌려 옥장천으로 달려갔어.

검은 새들은 이미 천지 위를 날고 있었어.

"백두산 천지수호신으로서 명하노니. 침략자들은 멈추라!"

검은 새 무리가 흰달을 발견하곤 즉각 불을 쏘았어. 흰달은 온몸의 비늘을 세우고, 날개를 펴 불길을 막았지. 검은 새들이 뿜어내는 불길은 희디흰 비늘에 부딪쳐 산산이 흩어졌어.

"나 백룡 흰달은 위대한 백두산 하늘과 천지의 정기로 태어났다. 내 영혼은 태양의 것이며, 내 몸을 감싸고 있는 비늘은 달의 기운으로 천 번에 천 번을 더해 달구어지고, 차디찬 천지 물에 천 번에 천 번을 더해 담금질하여 만들어졌다. 그 어떤 불도 나를 태우지 못하고, 그 어떤 열도 나를 녹이지 못하리니 침략자들은 헛된 꿈을 꾸지 말라."

흰달은 여유롭게 검은 새들의 둘레를 천천히 돌며 날았어.

"나는 결코 산 자들의 생명을 빼앗고 평화로운 질서를 파괴하는 자들을 용서하지 않는다."

검은 새들은 '캬우르르 캬우르르' 괴성을 지르며 백룡 흰달의 주위를 에워쌌어. 검은 새들은 불을 뿜었고 흰달은 날개를 펴 불길을 막았어.

흰달은 타지 않고 녹지 않는 몸을 가졌으나 뜨거운 열기와 불길이 주는 고통까지 느끼지 못하는 건 아니었어. 흰달은 온 정신을 모아 타는 듯한 고통과 맞섰어.

흰달이 불세례를 막아 내는 동안 백두산에 남아 있던 검은 새들이 마저 몰려왔어. 몰려드는 검은 새들의 날갯짓에 천지 하늘에서는 빛이 사라지고, 거친 바람만이 쉼 없이 일었지.

백두 전사 땅끝발은 옥장천 결계 앞을 지키고 섰지만, 눈길은 천지 하늘로 향했지. 옥장천 하늘에는 검은 새가 단 한 마리도 날아오지 않는 것과 달리 천지 하늘은 검은 새들로 빈틈이 없어 보였어. 그들이 내는 거친 날갯짓 소리와, 태풍 같은 바람에 돌들이 산사태를 일으키며 굴러떨어지는 소리에 귀가 먹먹할 지경이었어. 모든 게 예사롭지 않았어. 땅끝발은 천지 하늘을 올려다보다가 문득 흰달이 천지로 가려는 자신을 굳이 옥장천으로 보낸 뜻을 알아챘어.

"흰달 니임!"

땅끝발은 분노하여 네 발로 땅을 굴렀어.

"절대 당신 뜻대로 하지 못합니다. 나는 백두 전사 땅끝발! 흰달 님을 지키는 것이 백두산을 지키는 일이라는 것쯤은 잘

안다, 이 말입니다!"

성이 난 땅끝발은 전속력으로 천지를 향해 달렸어.

흰달은 땅끝발이 있는 대로 성질을 부리며 달려오는 걸 보았어.

'백두 전사의 성질이 저리 불 같아서야.'

흰달은 땅끝발을 생각하며 속으로 잠시 웃었어.

'참으로 한결같은 자로구나.'

흰달은 천지를 내려다보았어. 검은 새들이 내뿜는 불길이 물에 비쳐 마치 천지가 붉게 타오르는 것 같았지. 그중 오직 한 곳만이 어른대는 불그림자 하나 없이 푸르게 빛나고 있었어.

천지심.

'천지심은 여신의 눈동자, 진실을 비추는 거울.'

늘 초초가 노래했지.

어머니는 말했지.

'때가 되면 저절로 알게 되리라.'

천지심. 천상계와 지상계가 연결되는 통로!

흰달은 그 쉬운 걸 이제야 깨달은 자신이 어처구니없었어.

'반드시 지켜야 한다.'

흰달은 자신의 천부적 사명이 무엇인지 확실히 깨달았지. 천지수호신은 천상계와 지상계의 통로를 지키는 자였던 거야.

흰달을 향해 불을 뿜던 검은 새들이 뛰어들 듯 천지심으로 수직 낙하를 시작했어. 흰달이 재빨리 날아가 몸으로 부딪쳐 검은 새들을 쳐냈어.

'어서 빨리 끝내야겠구나.'

검은 새들은 불을 향해 달려드는 불나방처럼 앞다투어 천지심으로 수직 낙하를 했고, 흰달은 쉴 새 없이 물 안팎을 오가며 그들을 막아야 했어.

'이대로는 안 돼. 최후의 수단을 써야 해.'

백룡 흰달은 날기를 멈추고 날개를 최대한 활짝 폈어. 푸른 물빛 날개가 날아오는 불들로 붉게 물들었지. 흰달은 날개를 있는 대로 높이 쳐들고 단호하고도 우렁찬 용의 목소리로 외쳤어.

"위대한 하늘과 백두산 정기를 이어받은 백룡 흰달, 천지수호신으로서 명하노니, 백두산을 침략한 모든 검은 새는 멸하라!"

흰달의 말이 떨어진 순간 푸른 물빛 날개에서 푸른빛의 살이 뿜어져 나왔어. 빛의 살은 날아드는 불들을 밀어내며 빠르게 날아가 검은 새들의 몸에 꽂혔어. 빛의 살을 맞은 새들은 시간이 멈춘 듯 허공에서 움직임을 멈추었어. 흰달이 천천히 사방으로 몸을 한 바퀴 돌리자 검은 새들의 움직임이 완전히 멈추었어. 흰달은 있는 힘을 다해 사멸의 기운을 뿜어냈어. 움직임을 멈춘 검은 새들이 하나둘 흩어져 사라졌어. 천지심으로 낙하하던 검은 새들도, 흰달에게 불을 뿜던 검은 새들도, 날카로운 부리와 발톱으로 흰달을 공격하던 검은 새들도 하나둘 먼지가 되어 바람 속으로 흩어졌어.

흰달은 멸하는 검은 새들을 바라보며 이를 악물었어. 비늘 한 장 한 장, 뼈 마디마디, 숨구멍 하나하나에 배어 있는 기운까지 모조리 끌어내 사멸의 빛을 쏘아 대며 흰달은 자신을 지탱하는 기운들이 몸에서 빠져나가는 걸 느껴야 했지. 죽음이 다가오는 걸 알아챘어.

흰달은 적을 멸할 때는 언제나 흑룡의 불기운을 먼저 없앴어. 그것도 하나씩, 하나씩 멸할 때도 퍽 많은 기운이 소진돼. 그런데 동시에 수많은 검은 새를, 그것도 불의 기운을 가지고 있는 검은 새들의 움직임을 멈춰 세우고 멸하려니 죽을힘까지 짜내야 했지. 사멸의 빛을 뿜어내는 동안 흰달 자신도 멸해지고 있는 거지.

'불에 타지 않고 녹지 않아도 멸하면서 멸해지는 자가 나로구나.'

흰달은 자신도 모르게 쓴웃음을 지었어. 정신이 점점 아득해지고 멀어져 갔어.

'내가 죽는구나. 천지수호신의 생이 이렇게 마감되는구나.'

마음이 그 어느 때보다 편안해졌어. 맑고 깊은 용의 눈이 서서히 감겼어. 불현듯 모닥불가에 앉아 휘파람을 불어 주던 해마루가 떠올랐어. 흰달의 얼굴에 엷은 미소가 피어났어.

– 흰달 님. 정신을 놓으시면 안 됩니다. 흰달 님!

땅끝발의 울부짖는 소리가 흰달의 영혼을 흔들었어. 흰달은 안간힘을 다해 눈을 떴어. 검은 새들은 빠르게 멸해지고 있었어.

흰달은 고개를 돌려 옥장천 쪽을 바라보았어. 흐릿해지는 백룡의 눈에 해마루와 바우손의 형체가 어른거렸어. 문득 눈물이 어렸어.

'그대들은 부디 살아라.'

땅끝발이 천지 수변을 돌며 애타게 울부짖었어.

– 흰달 님. 제발 멈추십시오.

백룡 흰달이 땅끝발에게 말했어.

– 검은 새가 모두 멸할 때까지 나를 막지 말라. 백두산 천지 수호신의 마지막 명이다.

말을 마친 흰달에게서 마지막 빛이 흘러나왔어. 동시에 마지막 남은 검은 새가 먼지가 되어 사라졌어.

흰달은 마지막 검은 새의 울부짖음을 들으며 천천히 눈을 감았어. 찬란하게 빛났던 백룡 흰달의 몸은 더 이상 빛나지 않았어. 빛을 잃은 백룡 흰달은 마른 나뭇잎처럼 천지심 한복판으로 떨어져 내렸어.

- 안 됩니다! 흰달 님! 정신 차리십시오, 흰달 님!

첨벙.

백룡 흰달은 천지심 깊은 곳으로 떨어져 내렸어.

내 심장의 일부를
가져간 이들이여

 검은 새의 무리가 사라지자 피신을 했던 백두산 식구들이 돌아왔어. 사람들은 폐허가 된 백두산에 다시 집을 지었고, 네 발 존재들은 굴을 팠고, 새들은 둥지를 틀었어. 하지만 땅끝발은 늑대의 무리로 돌아가지 않았어. 그저 천지 가에 석상처럼 앉아 꼼짝하지 않았지.
 "언제까지 여기 이러고 있을 참이야?"
 큰곰들의 우두머리 검은돌이 아무리 얘기해도 듣지 않았어. 수십 번 해가 뜨고 지고 달이 뜨고 져도 꼼짝하지 않았어.

어느덧 석 달이 지나고 백두산에 흰 눈이 내렸어. 천지는 다시금 꽁꽁 얼어붙었지. 흰 눈으로 덮인 천지에 숨 붙어 있는 자는 오로지 파란 늑대 땅끝발뿐이었어.

흑룡과의 전투가 끝난 뒤 백두 마을은 축하 잔치를 열지 않았어. 흰달도, 바우손도 없는데 무슨 잔치를 여냐고 사람들이 거부했거든. 흰달이 죽었다는 소문을 들었을 때 사람들은 하늘이 무너지는 것 같았어. 천지수호신 백룡은 불사신인데 어떻게 죽냐, 말도 안 되는 소리는 꺼내지도 마라, 하며 난리를 쳤지만 끝내 다들 눈물을 흘렸어. 그 많은 검은 새를 한꺼번에 멸했으니 소문대로 기가 다 소진해서 죽을 수밖에 없을 거 같았거든.

흰달이 데려간 해마루와 바우손 역시 소식 없기는 마찬가지였어. 해마루는 많이 다쳤으니 이미 이 세상 사람이 아닐 수도 있지만 바우손은 멀쩡했으니 어딘가 살아 있을 거 같았지. 하지만 소식이 없었어.

매눈과 마을 사람들은 한동안 슬픔에서 헤어나지 못했어. 그때 칼손이 매눈에게 청혼을 했어.

"우리가 혼인을 한다면 우리 둘에게는 물론이고 부족에게도 새로운 힘을 줄 거야."

 매눈은 칼손이 좋아. 칼손이 함께 있으면 모든 게 든든해. 그 어떤 적이 와도 두렵지 않고. 청혼을 거절할 이유가 없었어. 하지만 바우손과 흰달의 축복 없는 혼인식은 하기 싫었어.

 "매눈, 나는 언젠가 그들이 돌아올 거라 믿어. 그때 우리가 아이들과 함께 그들을 맞아 주자. 그들 또한 기뻐할 거야."

 "돌아올까?"

 "당연하지."

 매눈은 그제야 고개를 끄덕였어.

 매눈은 아침에 눈을 뜨면 칼손과 함께 천지 쪽을 바라보며 기도했어. 소식이 끊긴 바우손이 다시 부족의 품으로 돌아오기를. 흰달의 영혼이 편안하기를.

 그렇게 석 달 하고도 열흘이 흐른 날, 천지 가에 석상처럼 앉아 있던 땅끝발은 문득 땅이 흔들리는 걸 느꼈어. 땅끝발은 본능적으로 벌떡 일어났어. 멀리서 붉은 불기둥이 솟구쳐 오르고 있었어. 땅끝발은 한달음에 가까운 봉우리로 올라갔어. 백두산 너머 북쪽 하늘에 시커먼 연기가 피어오르고 있었어.

 "지옥신이다!"

땅끝발은 굳은 얼굴로 불기둥을 바라보았어. 우우우, 멀리서 늑대들이 울고 있었어. 땅끝발은 우는 자들을 위해 우우우, 큰소리로 대답했어.

그때였어. 꽁꽁 얼어붙은 천지 수면이 깨지더니 커다란 백룡 하나가 솟구쳐 올라온 게.

투드드드, 투드드드.

휘황찬란한 빛을 휘감은 백룡, 흰달이야.

"흰달 님!"

땅끝발이 엉겁결에 소리쳤어.

"땅끝발, 네 기다림은 헛되지 않았다. 가자, 옥장천으로."

"백두 전사 땅끝발, 드디어 천지수호신 백룡 흰달 님께 인사 드립니다!"

땅끝발은 감격에 차 다리를 굽혀 인사를 했어. 하지만 백룡 흰달은 이미 하늘 저 멀리 날아가고 있었지.

"어서 따라오지 않고 무엇 하느냐?"

백룡 흰달의 다그침에 땅끝발은 정신이 들었어. 땅끝발은 단단한 두 발로 대지를 박차고 달리기 시작했어.

옥장천에서는 해마루와 바우손이 마지막 고통의 시간을 보내고 있었어.

흰달과 땅끝발은 옥장천에 둘러친 결계 밖에 서서 둘을 지켜보았어. 둘은 이를 악물고 어깨가 갈라지는 고통을 참아 내고 있었어. 얼마쯤 시간이 흘렀을까. 기진맥진한 두 사람 어깨에 하얀 날개가 돋아났어. 그리고 결계가 사라졌지.

"잘 견디었느니라."

흰달은 해마루와 바우손을 축복했어. 죽음의 끝에서 가까스로 살아나 신력을 얻고 날개를 얻은 해마루. 그리고 오직 해마루를 살려야 한다는 마음 하나로 백 일을 견뎌 낸 바우손.

흰달이 말했어.

"칠성국 왕자 해마루와 바우손은 모든 고통을 이겨 내고 신의 날개와 힘을 얻었다. 그대들은 백두산을 지키는 위대한 존재. 어서 빨리 칠성국으로 가 지옥신을 물리치거라."

"지옥신을 물리치라니요. 설마 지옥신이 쳐들어왔다는 말입니까?"

해마루의 물음에 흰달은 고개를 끄덕였어.

"이제 그대는 그대의 왕국을 지켜야 할 때다."

흰달은 해마루의 검은 채찍에 자신의 비늘 하나를 붙여 주었어. 하얀 비늘이 채찍에 스며들었어. 순간 검은 채찍에 흰빛이 감돌더니 하얀 채찍이 되었어.

"그대의 신력으로 이 채찍을 들면 능히 하지 못할 일이 없으리라."

흰달은 바우손에게 눈길을 돌렸어.

"너는 나와의 약속을 지켰다. 칠성국으로 가서 해마루 왕자를 도와라."

흰달은 바우손의 주먹을 두 손으로 감싸 쥐었어.

"네 주먹으로 부수지 못할 것이 없으리라."

흰달이 말을 마치자 해마루와 바우손의 양 날개가 퍼덕거렸어.

"백두산 천지수호신 백룡 흰달이 명하노니, 머뭇거리지 말라. 가서 목숨 있는 이들을 구하라!"

흰달이 명하자 해마루와 바우손의 날개는 힘차게 퍼덕였고, 이내 하늘 높은 곳으로 둘을 데려갔어. 해마루가 흰달을 내려다보았어.

- 정녕 이것이 마지막입니까?

해마루는 눈물이 날 것 같았어.

- 심중의 말은 한마디도 못 했는데 어찌 만나자마자 이별입니까?

흰달은 고요한 눈빛을 담아 대답했어.

- 돌아보지 말고 가라. 다시 만나지리니.

해마루는 입술을 깨물곤 몸을 돌렸어.

해마루와 바우손이 멀어지자 그제야 흰달은 하늘로 날아올라 내두산을 향해 가는 이들을 바라보았어. 해마루와 바우손은 순식간에 새처럼 작아지고 나비처럼 작아졌다가 점이 되어 흰달의 시야에서 사라졌어.

'내 심장의 일부를 가져간 이들이여. 다시 만날 때까지 안녕.'

흰달은 돌아서서 말했어.

"백두 전사여, 가자. 흑룡 대왕이 오고 있다."

흰달은 힘차게 하늘을 날았어. 땅에서는 땅끝발이 검푸른 털을 휘날리며 단단한 대지를 내달렸어. 날아가는 흰달의 하늘엔 밝고 환한 빛이 가득했어.

작가의 말

20여 년 전, 처음 천지를 보았다. 거친 바람을 맞으며 천지를 마주했을 때 나는 아무 말도 하지 못했다. 언어가 사라져 버렸기 때문이었다. 유일하게 떠오른 단어는 '신성'이었다. 20여 년이 지난 지금도 나는 '신성' 외에 그 어떤 단어로도 천지를 설명할 수 없다. 압도당한 것이다.

하늘은 지극히 가까웠고, 깊이를 알 수 없는 물은 하늘을 고스란히 담은 채 고요했다. 바람은 거칠었다. 건너편 봉우리에 서 있는 사람들은 새끼손톱만 했다. 만물의 영장이라던 인간이 얼마나 작은 존재이며 대자연의 일부에 불과한지, 머리보다 몸이 먼저 느끼는 순간이었다.

그리고 비로소 신성은 만물을 생성하고 기르고 멸하는, 대자연의 순환하는 힘이라는 걸 깨달았다. 그 강력한 힘은 가슴에 다 담아지지 않아 오래도록 벅찼다. 그리하여 나는 비로소 백두산을 상상하게 되었다.

2,744미터 고지대에 화산 폭발로 형성된 천지 주변 땅은 그저 거무튀튀한 돌과 모래뿐 삭막하기 이를 데 없다. 그 삭막한 곳에, 옛날옛날 신들이 살던 시대에, 백두산의 신 백두공주와 인간 백 장수가 천지 속에 수정궁을 짓고 흑룡이 다시 올까 감시하며 살았다고 한다. 그리고 그 둘이 딸을 낳았는데 백룡이었다. 천지에 살던 백룡은 백두산을 돌아다니던 칠성국 왕자를 만나 사랑에 빠졌고, 쌍둥이 은룡을 낳았다. 그 사실을 알게 된 백 장수가 둘의 사랑을 반대하며 노발대발했

고, 은룡을 빼앗아 죽이고자 했으나 차마 죽이지 못하고 큰 날개만 없앴다. 하늘에서 그 모습을 지켜보던 백룡이 쌍둥이 은룡을 살리기 위해 눈물을 흘리며 젖을 짜 내려보냈는데 그 젖이 고인 곳이 홍선천이라 했다.

백두산에 전해 오는 어린 신들의 슬픈 사랑 이야기. 이 이야기가 오래도록 가슴속을 떠돌다가 툭하면 떠올랐다. 신들은 왜 둘의 사랑을 반대했을까? 큰 날개를 잃은 쌍둥이 은룡은 어떻게 되었을까? 채찍을 휘둘러 백두산에 돌계단을 만든 칠성국 왕자는 어떤 존재일까? 칠성국은 내두여신이 지옥신과 맞서 싸우고자 낳은 일곱 아들의 나라인데, 내두산 왕자가 왜 백두산을 여행했을까? 의문이 의문을 낳았고, 의문은 답을 요구했다. 동화적 상상을 담아, 내 마음속 신성한 땅과 물에서 우리의 판타지를 이야기하고 싶었다. 답을 찾는 동안 반복적으로 떠오른 이미지와 서사를 풀어내다 보니 어느 결에 내가 살며 만난 삶이 깃들었다. 사람이 하는 이야기니 당연한 일이다.

이 이야기가 무료한 날을 달래는 즐거움이 되면 좋겠다. 이야기는 끝나지 않았다. 조만간 다시 만나길 바란다.

흑룡이 번성한 시절에
강진 글쓰는집 이누아무에서
임정자

백두 영웅 전설·1 영웅 흰달

2024년 12월 30일 초판 1쇄 펴냄

글 임정자

펴낸이 김양희 | **펴낸곳** 놀궁리
디자인 디자인디
주소 경기도 성남시 분당구 정자일로 248
출판등록 제2018-000040호
이메일 kimyanghee_nolkungri@naver.com
페이스북 facebook.com/nolkungribooks
인스타그램 instagram.com/nolkungri_books

ⓒ 임정자, 2024

가격 15,000원
ISBN 979-11-91900-16-3 44810 │ 979-11-91900-17-0 44810(세트)

신저작권법에 따라 한국 내에서 보호받는 저작물이므로 무단 전재와 복제를 금합니다.

후원 전라남도, (재)전라남도문화재단
이 책은 전라남도, (재)전라남도문화재단의 후원을 받아 발간되었습니다.

품명 도서 **재질** 종이 **제조국** 한국 **제조업체** 삼성인쇄 **제조연월** 2024년 12월
주소 경기도 성남시 분당구 정자일로 248 **사용연령** 초등 이상